「キツネさん！」
れんちゃんが両手を広げると、
空狐《くうこ》は嬉しそうにれんちゃんの胸に飛び込んだ。
ふわふわしっぽをふりふりしながら、
れんちゃんの顔をなめまくってる。かわいい。

ラッキー
Lucky
れんが初めてテイムしたモンスター。犬ではなくウルフ(重要)。
れん
Ren
もふもふが大好きな女の子。どんなモンスターとでも仲良くなるのが得意!
ミレイ
Mirei
頼りになる(?)れんのお姉ちゃん!かわいい妹を自慢するために毎晩配信中。
リル
Lilu
れんが雪山で出会った真っ白なキツネさん。
クロ
Kuro
ミレイが雪山で出会った真っ黒なキツネさん。

かまくらでもふもふともちもち

ルル
Lulu
ゲーム攻略組の有名プレイヤー。
配信者でもあるが、実は極度の人見知り。
そら
Sola
ルルのテイムモンスター。見た目は
かわいいが、高難易度ダンジョン
に出現するほど強い。
アリス
Alice
裁縫と鍛冶のスキルをカンストさせた
有名プレイヤー。姉妹にかわいい服を
作ってあげるのが好き。

「れんちゃん。何か食べたい？」
「わたあめ食べてみたい！あるかな？」
ここは日本のお祭りを再現したエリア。
たこ焼きや射的に金魚すくい。
アリスたちがれんちゃんのために
内緒で用意してくれた、
たくさんの露店が並んでる。
本当にこのゲームは、
みんなみんなあったかい。

テイマー姉妹のもふもふ配信 2

～無自覚にもふもふを連れてくる妹がチート級にかわいいので自慢します～

20万回視聴　2021/10/25　5,000　共有

著 龍翠 ryuusui　画 水玉子 mizutamako

チャンネル登録

The mofu-mofu streaming
by tamer sisters.

Contents

The mofu-mofu streaming by tamer sisters.

配信二十三回目『もふもふをもふもふしてもふもふします』

もふもふドラゴンな始祖龍《しそりゅう》をテイムしたれんちゃん。次にれんちゃんを待っていたのは、さらに圧倒的な大きさのもふもふだった！

「そんな小説を書きたい」

『お前は一体何を言ってるんだ』

『意味不明なタイトルに意味不明な前置き。さすがミレイ』

『さすがミレイ。略してあたおか』

『略してないしただの罵倒じゃねえかw』

「ひどくないかな？」

いや、私自身変なこと言った自覚はあるけど。

さて。今日は特に予定はない。だから適当に配信のタイトルを決めて適当に始めた。適当すぎた気はしないでもないけど。

まだ次のテイムを決めてないから、今日はれんちゃんのホームでのんびりする予定だ。もふもふをもふもふするれんちゃんをのんびり眺めるだけ。私はそれで満足なのです。

動物大好きなれんちゃんに好きなだけもふもふをもふもふしてもらおうとこのゲームを始めたわ

けだけど、つい先日、れんちゃんはストーリー第一章のラスボス、もふもふなドラゴンの始祖龍《しそりゅう》とお友達になれた。今日はそのレジェと心ゆくまで遊ぶ日にしようかなと。

というわけで。れんちゃんはレジェと遊んでる。お家《うち》ぐらいの大きさになったレジェに滑り台になってもらってるみたい。

レジェが尻尾でれんちゃんを持ち上げて、頭の上へ。レジェが尻尾を真《ま》っ直《す》ぐにしたら、れんちゃんが頭の上から滑り降りる。それを何度も繰り返してる。

「きゃー！」

もふもふ滑り台に歓声を上げるれんちゃんはとてもかわいい。

「でももふもふなのにどうして滑るの……？」

『ゲームにそこまで突っ込むなよｗ』

『きっとレジェが魔法で滑りやすいようにしてるんだよ』

『どんな魔法だｗ』

れんちゃんが楽しそうだからいいんだけどね。私もちょっと滑ってみたいと思っちゃう。というわけで、私もやらせてもらおう。

「れんちゃん、私もやっていい？」

「うん！」

あっさり許可が下りました。光球と一緒にレジェに近づけば、レジェはすぐに尻尾で私を包んでくれた。

「わ、すごいもふもふ。もふもふというか、もっふもふ。圧倒的なもふもふ」

『語彙力ｗｗｗ』

『もふもふしか伝わらないんだがｗ』

『つまりもふもふってことさ！』

「え、何言ってるの？　意味分からないんだけど」

『辛辣ぅ！』

『意味分からない姉に意味分からないと言われた。へこむ』

『ミレイ、動画見直して自分を観察してみ？』

「うるさいよ」

　コメントと言い合ってる間に、レジェの頭の上に到着。待ってくれていたれんちゃんが抱きついてきたので受け止めてあげる。頭をなでくりなでくり。嬉《うれ》しそうに笑うれんちゃんがとってもかわいい。

　さて。それでは滑り台（レジェ）です。

「いや待って。結構高い。普通に怖いよこれ」

『高いっちゃ高いけど、そこまで怖いか？　せいぜい三階あるかないかだろ』

『いや怖いだろこれ。レジェの頭の上は狭い上に手すりとか皆無だからな？』

『ごめん前言撤回するわ。確かに怖いｗ』

私も手すりとか柵とかあったらそこまで言わないけど、何もないからね。ちょっと歩いたら真っ逆さまに落ちるからね。こわい。

「おねえちゃんどうしたの？」

きょとん、と首を傾《かし》げるれんちゃん。かわいいけど、怖くないのかな。

「れんちゃん、怖くないの？　その、かなり高いけど……」

言ってから、ちょっと後悔。今まで気にしてなかっただけで、気にしたら怖くなるかも。

でもそんな心配は杞憂《きゆう》だったみたいで、れんちゃんは不思議そうに目を瞬かせて、

「落ちてもレジェが受け止めてくれるよ？」

「あ、そうなんだ……」

レジェへの信頼感がすごい。

とりあえず滑ってみよう。頭のぎりぎりのところで座って……、としたところで、れんちゃんがじっと見てることに気が付いた。

「れんちゃん？」

「んー……」

ふむ。

「おいで」

「うん！」

正解だったみたいだ。れんちゃんを足の間に入れると、れんちゃんは振り返ってすごく嬉しそうに笑ってくれる。まだ滑ってないのに私は満足です。かわいい。頭を撫《な》でてあげると、もっと撫でてと言いたげにもたれかかってきた。たくさん撫でてあげよう。なでなでなでなで。

『てえてえ』

『場所さえ考えなければな！』

『とりあえず滑ってからにしろw』

おっと、そうだった。ではでは、滑りましょう。


「なんだろう。言葉にするのが難しい。もふもふなのによく滑ったよ。しかも地面に近づくと自動的にスピードが落ちるの。なんだこの滑り台」

『さすが始祖龍《しそりゅう》（滑り台）』

『始祖龍《しそりゅう》って何だっけ』

『始祖龍《しそりゅう》の定義が乱れる……！』

この子、一応はラスボスさんだからね。公式最強モンスだからね。れんちゃんにとってはいい遊び相手だけど。

そんなれんちゃんは滑り台に満足したのか、今はウルフたちをもふもふしてる。レジェにもたれかかって、ウルフを足の上に載せてもふもふ。もふもふサンドだ。

幸せそうなふにゃふにゃ笑顔のれんちゃんをしっかり映しておこう。

『かわいい』

『ああああ！　かわええんじゃあ！』

『まずい！　錯乱してるぞ！　衛生兵！　衛生兵！』

『待たせたな！　診せろ！　手遅れだ！　殺せ！』

『決断が早いw』

助ける気もないよねこれ。

まったりもふもふなれんちゃんを眺めながら混沌《こんとん》としたコメントを流し見していたら、ぽこん、という軽い音が聞こえてきた。視界の端にお手紙のアイコン。メールの合図だ。

メールっていうのは、プレイヤー間でお手紙のやり取りができるシステムのことだ。まあつまりはリアルのメールとほぼ同じってことだね。戦闘中でも邪魔にならないように、今みたいに短い音と視界の端のアイコンで教えてくれる。見る時はメニューから見ないといけない。

ちなみに送受信はフレンド限定だから、知らない人から届くことはない。知らない人とやり取りしたい時はギルド経由のお手紙になる。まあ私には関係ないことだと思うけど。

私のフレンドはかなり少ないけど、誰だろう……？　あ、アリスだ。

「れんちゃん、ちょっとお手紙来たから確認してくるね。近くにはいるから」

「はーい」

「光球はれんちゃん追尾にしておきます。もふもふれんちゃんを眺めておけこの野郎」

『なんで喧嘩腰《けんかごし》なんだよｗ』

『自分は見れないのにお前らが見るのが不愉快だってことでは？』

『理不尽ｗｗｗ』

その通りだよ文句あるかこの野郎。私を追尾させてメールを見られるのが嫌なだけでもあるけど。わざわざメール送ってきたってことは、視聴者さんに見られたくないってことだろうし。

少し離れて、メールを開く。ちょっと相談あります、だって。

フレンドリストを開いて、アリスを選択。個人チャットを選択すると、アリスの名前の横にスピーカーのマークがついた。メールが文字のやり取りなら、個人チャットは声のやり取りだ。電話みたいなものだね。何も持たなくても会話できるけど。

ちなみに。バトルジャンキーさんたちは戦いながら個人チャットする時もあるらしい。とても無駄な技術だと思う。

「アリス？」

『配信中にごめんね、ミレイちゃん。今いいかな？』

「んー……。大丈夫」

れんちゃんへ振り返って確認はしておく。にゃんこがれんちゃんの顔にへばりついてる。……よし、問題ないね！

「どうしたの？」

『うん。私の友達に配信してる子がいるんだけど、れんちゃんに会ってみたいらしくて。コラボの仲介を頼まれたの』

「こらぼ……」

こらぼ。コラボ……。コラボ!?

「コラボ!?　物好きすぎない!?」

『いやいや、れんちゃん人気者だからね？　実は結構私に仲介依頼来てるんだよ。ミレイちゃんにギルド経由でお手紙出しても届かないからって。ミレイちゃん、初期設定のままでしょ』

「あー……」

いや、うん。忘れてた。

ギルド経由のお手紙は誰にでも送れるんだけど、それだけに迷惑なお手紙も送りつけられることがある。だから、フレンド以外からは届かないようにする設定がある、というよりも初期設定がこれなんだよね。うん。そう言えば変えてなかった。

「受け取った方がいいかな？」

『いいんじゃないかな？　熱心な人は私の方に来るし。まあ私も門前払いしてるけど』

さすがアリス、分かってる。私に繋《つな》げられても断るだけだ。

「ごめんね、迷惑かけて」

『あはは。いいよこれぐらい。知り合いが増えるとよくあることだし』

アリス曰《いわ》く、有名になると、誰かに連絡を取ってほしい、という依頼や相談は結構あるらしい。基本的には無視するらしいけど。

「じゃあ今回は？」

『うん。もともとの私のフレンドで、テイマーの配信者さんだかられんちゃんも喜ぶかなって』

おお！　テイマーの配信者さん！　なるほどそれなら確かに、れんちゃんも喜びそう！　知らないモンスを見せてくれるだろうし！

『まあ、魔法とテイムが半々の子だけど』

「テイム一本の人の方が珍しいから普通でしょ。だれ？　私も知ってる人？」

『ルルって子。知ってる？』

「え……。いや、うん……」

むしろＡＷＯ《アナザーワールドオンライン》プレイヤーで知らない人の方が少ないと思う。

ルル。魔法とテイムを扱う配信者さんで、前線組の人だ。かわいいモンスと一緒に高難易度ダンジョンを攻略するから、攻略方面でもとても参考になる。配信者としてもかなり有名だ。話術が巧みってわけじゃないけど、いろんなパーティに参加してそれを配信するから、戦い方を学ぶのにかなり最適なのだ。ちなみにちゃんと参加パーティには許可を取ってるらしい。

「どうして私たちに？　ルルさんにコラボって必要ない気がするんだけど」

『れんちゃんがかわいいから』

「納得した」

れんちゃんかわいいからね！　仕方ないね！

でも、アリスのお友達とはいえ、安請け合いはちょっとできない。できれば、直接会ってお話しして決めたいところだ。

「直接会うことってできる？」

『もちろん。いつがいいかな？　ルルはミレイちゃんに合わせるらしいよ』

「えっと……。今日はちょっといきなりだから、明日とかどうかな。配信の三十分前とか」

『おっけー。大丈夫。じゃあ明日、ミレイちゃんの準備ができたら連絡もらえる？　メールでもチャットでもいいから』

「うん。分かった」

その後は、短く挨拶をしてチャットを切った。んー……。コラボか。いつか誘われるとは思ったけど、まさかルルさんになるとは思わなかったな……。ＡＷＯ《アナザーワールドオンライン》の配信者としては、未《いま》だ雲の上の人だから。そんな人が見てることに驚きだけど。

れんちゃんのもとに戻ると、白虎《びゃっこ》がゆらゆら揺らす尻尾を追いかけて遊んでた。猫かな？

「てい！　てい！」

『がんばれれんちゃん、もう少しだ！』

『さすが白虎、強敵だな……！』

『なあ、これ何をしてるんだ……？』

『知らん！　考えるな、感じるんだ！』

『感じた！　がんばれれんちゃん！』

こいつらには一体何が見えてるんだろう。

とりあえず、コラボはれんちゃんとも相談して決めないと。

「れんちゃんやーい」

「てい！　あ、なあに？」

白虎の尻尾を追いかけるのをやめて、こっちに走ってくる。白虎がしょんぼりしちゃってるけど、悪いね。まだまだ私の方が優先なのさ。ふふん。

『ミレイの勝ち誇った顔がちょっとむかつくんだが』

『妹のテイムモンスに対抗意識を燃やす姉がいるって、マ？』

『とても残念ながら、マ』

「うるさいよ」

もふもふモンスは常に私のライバルです。

走って抱きついてきたれんちゃんを受け止めて、ぎゅっとする。れんちゃんはやっぱりかわいいなあ！

「おねえちゃん？」

「おっと、ごめん」

うん。れんちゃんのお楽しみの時間をもらうんだから、さくっとお話をしておこう。

「れんちゃん、コラボって興味ある？」

「こらぼ？」

「あー……。他の配信者さんと一緒に遊ぶこと」

『コラボ……だと……!?』

『まさかさっきのお手紙はそのお誘いか!?』

『相手は誰だ？　すごく気になる』

うん。とりあえず視聴者さんたちの質問は後回しだ。

れんちゃんは、ちょっと不思議な表情。興味はあるけど不安、そんな顔。

「こわい人じゃない……？」

「あー……」

私も配信でしか知らないから、人となりまでは分からないんだよね。アリスが信頼してるぐらいだし、大丈夫だと思うけど。

「一応明日、私が直接会ってくるから、それで決めてもいいかな？」

「うん。ごめんね、おねえちゃん」

「いえいえ。れんちゃんは気にしなくていいんだよ。変な人だったら断るから安心してね」

この配信は、何よりもれんちゃんが楽しく遊ぶことが最優先だからね。それを譲るつもりはない。だから、れんちゃんは気にせずたっぷり遊んでほしい。

とりあえず、コラボについては明日、私が決めることになった。さてさて。ルルさんってどんな人かな？


翌日、配信開始の三十分前。セカンにあるアリスのお店で、私はルルさんと会った。

会った、んだけど……。

「は、初めまして……。ルルです……！」

雲の上の配信者さんと会うとあって少し緊張していた私だったけど、それ以上に緊張していたのがルルさんだった。何故《なぜ》。

ルルさんは、いかにも魔女な服装だった。真っ黒な三角帽子にローブ、そして杖《つえ》。配信の時と同じ服だ。配信時の話が本当なら、これもアリスが作ったものらしい。そんなルルさんは、目が泳ぎまくっていた。

「えっと……。初めまして。ミレイです。よろしくお願いします」

「は、はい！　よろしく！」

うん。どっちが先輩なのか分からないね！

「アリス。ルルさんがすごく緊張してるんだけど……」

ルルの隣で笑いを堪《こら》えてるアリスに聞いてみる。笑う前に助けてほしい。

「ふ、ふふ……。うん。よし。落ち着いた。原因だけどね、ミレイちゃんの昨日の発言です」

「へ？」

発言って、配信中での、だよね？　何か言ったっけ？

「変な人なら断るってやつ。この子、断られたらどうしようってずっと緊張してるみたい」

「ええ……」

そんな緊張することなの……？

「ん……。ご、ごめん、なさい。だいじょうぶ。ちゃんとお話、する」

「うん……」

すごく不安になってきたんだけど。いや、まあ、うん。アリスが笑ってるぐらいだし、大丈夫か。

とりあえず、私から話を振っていこう。でないと進まない気がする。

「えっと……。れんちゃんとコラボしたいってことでいいんですか？」

「ん……。そう。こっちから行く」

「ほんとに？　それは嬉しいですけど」

てっきりルルさんのチャンネルか、もしくは同時配信かなと思ってたんだけど、私の方でやっていいらしい。でもそれって、ルルさんには何のメリットもないと思うんだけど……。

「何か目的とか……？」

「え……。な、ないです。れんちゃんと一緒に遊びたいだけ」

ええ……。いやれんちゃんかわいいからね！　でもさすがにそれだけが理由って、なかなか信じられないんだけど……。

本当なのかとアリスに視線を向けると、アリスは笑いながら頷《うなず》いた。

「本当だよ、ミレイちゃん。ルルはね、れんちゃんのファンなの」

「なんて？」

「れんちゃんのファン。配信初期からずっと見てるらしいよ」

「うえ!?」

なにそれちょっとびっくりなんだけど!?　思わずルルさんを勢いよく見てしまう。ルルさんがびくっとしてるけど、それに構ってはいられない。いや、ほんとに？　ルルさんが？

「う、うん……。ずっと見てる。いつかコラボして、一緒に遊びたいって思ってた……」

「はあ……」

そんなこともあるものなんだね。本当に、ちょっとびっくりだ。でもそれなら、一緒に遊んでみても、いいかな？

「れんちゃんと一緒に遊ぶのはいいですけど、動物たちと遊ぶのがメインですよ？」

「ん……。問題、ない。私もそれは好きだから……。私のテイムモンスとも、遊んであげてほしい」

あ、そうだった。ルルさんはテイマーだったね。ルルさんほどのプレイヤーなら、私たちでは会えないようなモンスをテイムしてそうだ。それはれんちゃんが喜ぶかも。

「それなら、はい。やりましょう」

「やった」

嬉しそうに、はにかむルルさん。なんだろう。多分私よりもちょっと年上だと思うのに、ちょっとかわいいと思ってしまった。

「あ、それで、その……。私のことは、呼び捨てで、いいです。口調も、普通で」

「そう？　じゃあ、私も呼び捨てでいいよ。改めてよろしくね、ルル」

「ん……。よろしく、ミレイ」

しっかりと、握手。ついでにフレンドに登録して、と。いやあ、なんだかすごい人とフレンドになっちゃったね。

その後はコラボする日を金曜日に決めて、解散する、だけだったんだけど……。

「そう言えば、ルルのテイムモンスってどんな子？」

れんちゃんと配信するようになってから、あまりルルの配信は見てなかったりする。なかなか時間が、ね。

ルルは特に気にした様子もなく、テイムモンスを召喚してくれた。そのテイムモンスを見て、確信した。これなられんちゃんは絶対に喜ぶ。

アリスとルルと別れて、れんちゃんのホームでれんちゃんと合流したんだけど、れんちゃんが微妙に拗《す》ねてた。ラッキーを抱いて、ぷくっとほっぺたを膨らませてる。ほっぺたをつんつんするとれんちゃんの口から息がぷすぷすと。楽しい。

「おねえちゃん？」

「いや、ごめん。つい」

当然ながら怒られました。でもやりたくならない？

「えっと……。怒ってる？」

「おこってない。でも、ちょっと寂しかった」

「あー……」

れんちゃんにはちょっと悪いことしちゃったかな……？

ルルと会うために、面会を少しだけ早めに切り上げてしまった。本当に少しだけだったんだけど、れんちゃんにとっては不満だったみたい。

「ごめんね」

「んー……」

ぎゅっと抱きしめてあげると、れんちゃんもぎゅっと抱きついてきた。そのまま頭を撫でる。すぐにれんちゃんの機嫌が直ったので一安心だ。

それじゃ、改めて配信しよう。

れんちゃんは離れてくれそうにないので、そのまま配信開始だ。ぽちっとな。

「はいどうもミレイです。今日はれんちゃんがくっつきむしになっちゃったので、このまま配信です」

『はじまた！』

『くっつき虫ｗｗｗ』

『本当にミレイにくっついてるｗ』

『喧嘩でもしたんか？』

「いや、喧嘩じゃないよ。コラボしたいって人と会うのにちょっとだけ早く帰っちゃったら、拗ねちゃって……」

『それはミレイが全面的に悪いな！』

『れんちゃんを放って帰るとかバカなの？』

『待て待て。そう言ってやるなよ。ミレイは学生だぞ？　学校終わって面会してゲームして、と考えたらどうしても時間は限られるだろ』

そうなんだよね。正直、会える時間がそれぐらいしかなかった。でも、それも今回だけにしておきたい。れんちゃんが寂しいならやっぱりれんちゃん最優先だ。

『お前らと違ってミレイは真っ当な学生だからな！』

『やめろください』

『その発言は俺にきく……！』

和気藹々《わきあいあい》……、和気藹々？　いいや、和気藹々で。そんなコメントを流し見しながられんちゃんを見る。もぞもぞと動いてるから。れんちゃんはラッキーを頭に載せると、体の向きを変えて私にもたれかかってきた。今日は甘えんぼモードかな？　よろしい、ならば構い倒そう。

「こちょこちょ」

「みゃ！」

お腹《なか》をくすぐるとれんちゃんがびっくり跳び上がった。振り返って、むう、とほっぺたを膨らませて。そして。

「てい！」

ラッキーが私の顔をふさいできた！　な、なにも見えないけどもふもふだ！　そしてれんちゃんが私の体をくすぐってきた！

「うひぇ……！　ちょ、れんちゃん、それは反則……！」

「こちょこちょこちょ」

「あかん！　脇腹はあかんて！」

『お前はどこのエセ関西人だｗ』

『速報、ミレイの弱点は脇腹』

『むしろれんちゃんからのくすぐりだと全て弱点になるのでは……』

『その可能性は否めない』

そんなことあるはずがないでしょうが！

「ええい！　逆襲だ！　姉に勝てる妹なんていないってことを教えてやる！」

「姉が妹に勝てるわけないだろうがいい加減にしろ！」

「かったー！」

私に馬乗りになって勝《か》ち鬨《どき》を上げるれんちゃんかわいい。かわいくない？　かわいい。いやそれにしてもれんちゃんは強敵でした。ちょっと私の弱点を的確に知りすぎでは？　勝てる気がしないよ。

『俺たちは何を見せられていたんだ……？』

『てえてえ』

『てえてえ……か……？』

『てえてえ！』

『あ、はい。てえてえです』

何を言ってるんだろうねこいつらは。

座り直して、改めてれんちゃんを膝に乗せる。むふう、とれんちゃんは満足げです。喉元をこちょこちょしてあげると、気持ち良さそうにれんちゃんが目を細める。いつものことだけど、これがすごくかわいいのだ。思わず私も笑顔になっちゃう。

「さて、コラボの告知です」

『いきなりすぎるｗｗｗ』

『温度差で風邪をひいた』

『寝てこいｗ』

「コラボは二日後、金曜日。十八時半からの予定で、コラボ相手はルルです」

『ふぁ!?』

『ルル!?　ルルナンデ!?』

『おおお落ち着けけけけお前らららららまままだ同姓同名のだだだ誰か』

『お前が落ち着けｗ』

いい反応だね。私も名前を聞いた時は本当にびっくりしたからね。この反応は何となく分かるというものだ。れんちゃんは不思議そうに首を傾げてるけど。

「ルルさん？　ていうの？」

「そ。テイマーさんだよ。テイムモンス見せてくれるからね。一緒に遊ぼうね」

「もふもふ？」

「すっごくもふもふ」

「もふもふ！」

「そう！　もふもふ！」

「もふー！」

「もふー！」

『誰か！　視聴者の中にもふもふ語が分かる方はいませんか！』

『もふもふ語とは』

『多分ミレイも分かってないぞｗ』

その通りだよ！　こういうのは勢いが大事だと思います！

「テイムモンスを少し見せてもらったけど、れんちゃんが喜びそうな子もいたからね。楽しみにしててね」

「うん！」

にっこにこれんちゃん。ちゃんと待ってくれるみたいで安心だ。どんな子か先に教えてほしい、なんて言われたら、私はすぐに喋《しゃべ》っちゃいそうだからね。

せっかくだから秘密にしておきたい。聞かれたら答える程度の秘密だけど。

「そんなところ、かな。とりあえず、お楽しみに、ということで」

『金曜日ね。おｋ、予定空けとく』

『空白だらけの予定だけどな！』

『お、おう』

『俺は仕事なんだが？　見たいんだが？　生で見たいんだが？』

『社畜ニキはがんばって』

『お前の分も俺たちが見ておいてやるよ』

『素直に腹立つなこいつｗ』

喧嘩は良くないよ。まあ誰も本気ではないだろうけど。とりあえずラッキーのお手々をにぎにぎするれんちゃんを見て和むのだ。私は和んだ。

「かわいい」

『かわいい』

『かわいい』

かわいいは世界を救うのだ……！　さて、やることやったし、れんちゃんと遊ぼう！

配信二十六回目 『コラボ配信！ ルルといっしょ！』

The mofu-mofu streaming
by tamer sisters.

待ちに待った金曜日、なんて言いたいところだけど、コラボの告知をしてからたった二日。私としてはそこまでの感覚じゃない。私としては、だけど。

れんちゃんはとっても楽しみにしていたみたいで、放課後に病室を訪ねた今もわくわくしてるのがよく分かる。ずっと鼻歌を歌ってる。ここまで楽しみにされちゃうと、間違っても失敗は許されない。緊張しそう。

れんちゃんの人見知りは、初めてのもふもふへの興味で完全に上書きされてるみたいだね。そっちの方が私としてもやりやすい。むしろこれ、ルルの方が緊張してるかも。

ちなみに今日のれんちゃんはずっと笑顔。ベッドの上にぬいぐるみを並べながらにこにこしてる。たくさん並べて、一つずつぎゅっと抱きしめて、満足そうにふにゃっと笑う。

今日も私の妹は天使です。ありがたや。

「それじゃ、れんちゃん。今日のゲームだけどね」

「うん」

「最初だけ、私は少し離れるからね。チャットをするだけだから、側（そば）にはいるけど。それで大丈夫かな？」

「んー……。うん」

あれ。ちょっとだけ不満そう。あまり離れたくない、と思ってくれてるなら、少し嬉《うれ》しい。実際どう思ってるのかはれんちゃんにしか分からないけど。

れんちゃんが並べたぬいぐるみの一つを手に取る。アライグマのぬいぐるみだ。なかなか良い肌触り。そんなアライグマをじっと見つめていると、タヌキのぬいぐるみを抱いてるれんちゃんと目が合った。期待の眼差《まなざ》しです。

アライグマをれんちゃんの頭に置いてみる。尻尾をゆらゆらさせつつれんちゃんのお鼻をくすぐると、れんちゃんがくすぐったそうにお鼻をぴくぴくさせる。思わず笑っちゃった私は悪くない。

だかられんちゃん、そんなむっとした目で見つめられても……。

「タヌキさんアタック！」

「ふべ」

タヌキさんは強敵でした……。がくっ。


「そんな感じで遊んだので私は満足です」

『なにそれすごく見たい』

『お前は！　なんで！　それを！　配信しないんだよお！』

『役に立たねえ姉だなあ！』

「そこまで言う？」

私自身配信できないことはちょっぴり残念だけど！　ゲームのれんちゃんもかわいいけど、リアルのれんちゃんもかわいいのだ。もっともっと自慢したい。

「ゲームでの配信は軽く設定してぽちっとできるけど、リアル配信だと分からない部分が多いんだよね」

『技術と設定の方が問題ってことか』

『リアルバレとかは気にしないのか？』

「私もれんちゃんも、顔とか特に変えてないからね。そっちは今更だよ」

もしもリアル配信するとしても、間違い無く病室だから、それだけだとどこの病院かまでは分からないと思う。私を知ってる人は病院も分かるだろうけど、どこの病室かまではやっぱり分からないはずだ。

そもそも特別病棟だからそう簡単に入れるわけじゃないしね。

「だからまあ、やり方さえ分かればやってもいいと思うんだけど……。そのやり方が、ねえ……」

『これぱっかりは俺たちも協力できることは限られるな……』

『姉妹てえてえもっと見たかった……』

『真面目に調べようかな』

『ミレイじゃなくて視聴者が調べるのかｗｗｗ』

調べてくれたら私としては助かります。まあ、やっぱりすぐにはできないだろうけどね。

「さて、と……。今日って初見さんとか多いのかな？　ルルから聞いてここに来てくれてる人とか」

『はいはい。初見です』

『ルルちゃんから今日はこっちと聞きました』

『幼女がいると聞いて！』

『変態が紛れてるぞ！』

『安心しろ。ここにいる全員だ』

『それもそうか』

納得しちゃうのか、そこ。視聴者数もいつもよりずっと多い。とてもありがたいけど、ちょっとだけ緊張しそう。ちょっとだけ、ね。

「それでは今日のれんちゃんです」

『朝のニュース番組の企画でありそうなタイトルｗ』

『あれを見てから学校通ってたなあ』

『お前は俺かｗｗｗ』

私も朝のニュース番組は見てたけど、あの動物のコーナーはとても好きだった。視聴者さんにも見てる人は結構いるみたいだ。

まあそれは置いといて。今日のれんちゃんは、あちら。

れんちゃんはディアにもたれかかってて、さらに尻尾に包まれてる。顔だけ出してるんだけど、その顔色から緊張が見て取れる。やっぱり知らない人に会うのは緊張するみたいだね。恥ずかしいのと怖いのと、楽しみが混ざってると思う。

『れんちゃんw』

『もふもふに包まれてるw』

『ちょっとしたベッドみたいw』

「ちなみに尻尾の内側には子犬たちがいます」

『もふもふ尽くし！』

『緊張してるのかな？』

『ここまで誰も子犬扱いに突っ込まない件について』

『え？　子犬でしょ？　だってここ、狼《おおかみ》なんていないし』

『お前らwww』

私が言うのもなんだけど、そのうちウルフたちから怒られそうだね。でも見た目犬というか、リアルな犬よりよっぽどわんこしてる。尻尾振って遊んでとまとわりつく様はわんこそのものだ。

「さてと。れんちゃん」

れんちゃんの側に行って、呼んでみる。れんちゃんは私をちらっと見たあと、しゅっと尻尾の中に隠れてしまった。

「れんちゃん」

もう一度呼ぶと、またひょこりと顔を出して、そしてすぐに隠れる。なにこれ。

「かわいい」

『かわいい』

『かわいい』

視聴者さんと気持ちが一つになった、そんな気がしました。

でもこれだと話が進まないから、とりあえずれんちゃんには出てきてもらおう。

「れんちゃん、そろそろ時間だからね。出てきてくれないと、ルルのテイムモンスの紹介もできなくなるからね」

「うう……。はーい……」

緊張はしていても、やっぱり他の人のテイムモンスにはとても興味があるらしい。ディアの尻尾の下側から這《は》い出てきた。そうやって出てくるんだね。

ぴとりと、れんちゃんがひっついてきたのでとりあえず抱きしめておこう。

「ぎゅー」

「ぎゅー」

『これはてえてえ』

『今度こそてえてえ』

『今度こそw』

うん。何も言うまい。

「初見さん、この子がれんちゃんです」

『本当に幼女だ』

『噂《うわさ》には聞いてたけど、マジだったか』

『ということは、病気も……？　とりあえずこれ、募金で頼む』

「あ、ども。ありがとう。……いや、あのね？　いきなり三万円はどうかと思うよ私は」

『草』

『上限じゃねえか！』

『石油王多すぎない？』

いや、本当に。それを皮切りに次々と投げ銭きてるし。いや、あの、ありがたいけど、ちょっと困ります。えっと……えっと……。そうだ！

「れんちゃん、ちょっとメニュー出して」

「んぅ……。こう？」

れんちゃんが体の向きを変えて、私に見えるようにメニューを出してくれる。

「そうそう。で、課金メニューを開いて……ここをこうして……こう……」

「んぅ？」

『困惑れんちゃんかわいい』

『首を傾《かし》げてるのかわいい』

後ろからでも首を傾げてるれんちゃんがかわいいです。にまにましたいのをちょっと我慢だ。

「よし、れんちゃん。ここをタッチしてね」

「えっと……。じゅうれんがちゃ？」

『おいｗｗｗ』

『お前は妹に何やらせようとしてんだｗ』

『なるほど頭ぶっとんでるって、こういう……』

『甘いな初見さん。まだ序の口だから』

『うそやん』

「うるさいよ」

初見さんに変なこと教えないでよ。勘違いされちゃうじゃないか。

とりあえずれんちゃんを促す。れんちゃんは首を傾げながら頷《うなず》いて、

「えいっ！」

ぽちっとな。

「ふむふむ。それじゃれんちゃん、内容見せてね」

「ん」

れんちゃんのメニューを見せてもらう。うん。うん。うん。よし。

「私は何も見なかった」

『まって』

『いや、おい？　結果どうなんだよ。気になるんだけど』

『ミレイ？』

「………。幻獣の卵、でちゃった……」

『ふぁ!?』

『そんな都合のいいことが起きるわけｗｗｗ』

『起きてるんだよなあ』

『れんちゃんは卵からも愛されてるのか……』

なんとなーく、作為を感じる。あとで山下《やました》さんを問い詰めようそうしよう。

でも、確率的には別におかしくもない、かもしれない。投げ銭始めてから毎日最低十連、多いと百連ぐらいしてるからね……。いや、だって、みんなもっとやれって言うから……。

「おねえちゃん？」

「んー……。れんちゃんすごい！」

「わぷ」

とりあえずだっこしてぎゅっとしておこう。ついでになでなでしちゃう。

「んー？　何かあったの？」

「あったけど、また今度だね。そっちが気になって遊べなくなると思うから」

「そうなの？　わかった」

れんちゃんを下ろしてあげると、少し落ち着いてきたのかラッキーと遊び始めた。ラッキーを呼んで、抱き上げてもふもふしてる。うんうん。もふもふれんちゃんはかわいい。……さて。

「………」

『おいミレイ、さりげなく何やってんだｗ』

『こいつ自分でもガチャ回し始めたぞｗ』

『ちょっと悔しかったんだなｗｗｗ』

「うるさいよその通りだよ、そしてゴミアイテムだよ！」

『これは草』

『これが物欲センサーか……！』

『物欲センサー先生、仕事しすぎｗ』

本当にね！　なんでこう、欲しいアイテムって出ないのかなあ……！　いや、でも、れんちゃんが卵を出せたんだから、それで十分だと思わないとね。色々と落ち着いてから、れんちゃんと一緒に卵を孵《かえ》らせよう。

初見さんへの挨拶も……挨拶？　いや、うん。挨拶だ。挨拶も終わったので、アリスとルルからの連絡をのんびり待つとする。

配信を開始する少し前、れんちゃんに待ってもらって二人と軽く連絡は取っておいた。打ち合わせ、の予定だったんだけど、結局は細かく決めなかった。れんちゃんに任せようかなって。れんちゃんがやりたいように、と。

丸投げされているようにも見えるけど、これで問題ないと思う。れんちゃんが間違い無く気に入る子がいるし。れんちゃんの反応が今から楽しみだ。

れんちゃんがラッキーと遊んでいるのを眺めていたら、アリスからメッセージが届いた。そろそろいいかな、だって。

「なんでルルじゃなくてアリスからなのかな……？」

『ん？』

『なにがだ？』

「いや、こっちの話」

れんちゃんにほっこりしてる視聴者さんに言う話でもないよね。

いいよ、と返信すれば、アリスとルルかられんちゃんのホームへの入場申請が届いた。

他人のホームには勝手に立ち入ることはできないんだけど、フレンドに限りこうした入場申請というのができる。やり方は簡単、フレンドリストから名前を選択して申請するだけ。戦闘中やダンジョンの攻略中でなければ、どこからでも入れる。とても便利。

ちなみに当然だけど、れんちゃんへの申請が私に来るのは保護者権限です。

申請を許可すると、れんちゃんのお家《うち》の前にアリスとルルの二人が現れた。

「いらっしゃーい」

片手を上げて挨拶する。アリスは笑いながら手を振り返してくれた。

「来たよ、ミレイちゃん、れんちゃん」

「ん……」

ルルは……、なんでアリスの後ろにいるの？　それ、隠れようとしてない？

「アリス。ルルは……？」

「ああ、うん……。緊張してるだけだから、気にしなくていいよ」

「ええ……」

気にしない、というのはなかなか難しいんだけど。アリスの後ろに隠れて、ちらちらこちらを見てる。これでルルの背が低かったら子供っぽく見えるんだけど、大差ないんだよね……。

「大人が大人の陰に隠れる、とても情けない姿にしか見えない……」

「言われてるよ、ルル。ちなみに私も同意見だから」

「うう……」

『辛辣だけどまさしくその通りだからなあ』

『このコラボってルルからの提案でしょ？　コラボ先に迷惑かけるのはだめだよ』

『がんばれルル』

「ほら、ルル。みんなもこう言ってるから。ルルが言い出しっぺなんだから、頑張らないと」

「ん……。うん」

頷いて、ルルがアリスの前に出てくる。緊張はしたままみたいだけど、これなら大丈夫そうだね。

それじゃ、れんちゃんを呼ぼうか。

れんちゃんを呼ぶために振り返ると、子犬たちにまとわりつかれてた。ラッキーを含めわんこたちがれんちゃんによじ登ろうとしてる。れんちゃん登りだ。れんちゃんは動かずに、そんな子犬たちの様子を眺めてる。あ、でも、触りたそうにうずうずしてる。

これ、いいのかな。声かけてもいいのかな……？

「れんちゃん、来てるよ」

「え？」

れんちゃんがこっちを見て、そしてルルたちを見て、あ、と小さな声を上げた。慌てて子犬たちを抱き上げて、一匹ずつ地面に下ろしてる。急ぎつつ、優しく丁寧に。

最後にラッキーを頭に載せて、準備完了、かな？　こっちに駆けてきた。

「それじゃ、れんちゃん。最初は挨拶だよ」

「う、うん」

ルルの前に立って、れんちゃんが笑顔になる。緊張のせいか、ちょっとだけぎこちないかも。

「はじめまして、れんです。えっと……、テイマー、です」

「あ、うん……。ルル、です。よろしくお願いします」

ルルもぺこりと頭を下げた。

『ルルがんばってる！』

『いいぞその調子だ！』

『がんばえー！』

いや、挨拶でそれなの？　思わずアリスを見たら、苦笑いされてしまった。そっか、そこまでなのか……。

「あのね、それでね。この子がラッキー！」

れんちゃんがラッキーを抱いてルルに見せる。お、なんとなく、ルルの緊張が少し解《ほぐ》れた気がする。

「ん……。かわいいね」

「うん！　えへへ、よかったねラッキー、かわいいだって！」

「わふ」

にっこり笑ってラッキーを撫《な》でるれんちゃん。うん。とりあえず言おう。

「おまかわ」

『おまかわ』

『おまかわ』

視聴者さんたちと心が一つになった、そんな気がしました。

「ルルもテイムモンス見せてあげたら？」

アリスからの提案。ルルは慌てて頷いて、テイムモンスを召喚した。

まず一匹目は、ライオンだ。いや、ちょっと違うのかな？　白虎《びゃっこ》のいる洞窟で出てくるライオンより一回り大きくて、たてがみがちょっと赤い。

「でっかいらいおんさん！」

れんちゃんのお目々がきらきらです！　緊張なんて吹き飛んだみたいで、すごくうずうずしてる！

「ん……。獅子《しし》。ライオンが育つと進化する。魔法は使えないけど、近接戦闘に特化してる。それにたてがみのもふもふもパワーアップ。すごくもふもふ」

あ、ルルが饒舌《じょうぜつ》になってる。

「オタクさんが好きなことを語る時みたい……」

『やめろぉ！』

『その発言は俺たちにクリティカルなんだ……』

『微妙に固まるルルの後ろでアリスがお腹《なか》抱えてるw』

あ、ほんとだ。ツボに入っちゃったらしい。見ててちょっと面白い。

こほん、とルルが咳払《せきばら》いして、続けた。

「もふもふして、いいよ？」

それを聞いたれんちゃんがぱっと顔を輝かせて、早速獅子に抱きついた。獅子も当然のように受け入れてる。れんちゃんがたてがみをもふもふしやすいように、わざわざ屈《かが》んでくれてるほどだ。

「わあ……！　わあ！　すごい！」

「ん……。すごく、かわいい……」

『完全に同意』

『はしゃぐれんちゃんがかわええんじゃあ！』

『これはとても良い癒やし空間』

うんうん。このコラボは大正解だったね！　でもね、まだ本番じゃないんだ。

「それじゃ、次」

そうしてルルが召喚したのは、黒いドラゴン。エドガーさんのドラゴンと多分同種だとは思うんだけど、色が全然違うんだよね。ただの色違いなのか、シロみたいな進化種なのかはまだ分からないらしい。

「おー！　どら！　ごん！　だー！」

早速れんちゃん、ドラゴンを触りに行った。ドラゴンもやっぱり触りやすいように、首を下げてくれてる。れんちゃんがドラゴンの顔あたりを優しく撫でると、ドラゴンが気持ち良さそうに目を細めた。これはこれで愛嬌《あいきょう》があるね。

「ドラゴンは近接もできるし魔法もできるしの万能。ドラゴンすごい。えらい」

「えらい！」

「ん。えらい」

うん。なんだか仲良くなってる気がする。

「ちなみに名前はニーズヘッグ」

『名前がいかついｗ』

『ルルだからファンシーな名前つけると思ったらまさかのｗ』

『ある意味見た目には合ってるけどｗ』

確かに、ドラゴンは格好いいからね。ファンシーな名前よりも、かっこいい名前の方がいいと思う。けど、いかついなあ。

「ニーズヘッグちゃん！」

「ちゃん!?」

『ニーズヘッグちゃんｗ』

『パワーワードが過ぎるｗ』

さすがにちゃん付けはないと思うな私も！　いや、いいけどね？　間違ってないけどね？

「あれ……？　ニーズヘッグちゃん、だめ？」

「ん……。いいよ。…………。ニーズヘッグちゃん……」

『ルルもさすがに予想外だったみたいだなw』

『その名前にちゃん付けは予想できないわw』

いや本当にね。ルルは半ば呆然《ぼうぜん》としてるし、アリスは……うつぶせで地面叩《たた》いてる。大丈夫？

アリス、そんな子だったっけ？

『アリスが笑いすぎて死にかけてるぞw』

『大丈夫かあれw』

『気持ちは分かるけどもw』

いや、うん。まあ、大丈夫でしょ。多分！

「でもすごいよね。ドラゴンのテイムってすごく成功率が低いって聞いてるけど」

ルルに話しかけてみる。ルルは感慨深そうに頷いてる。

「ん。前も言ったけど、千回以上失敗した」

「え？　前？」

「ん」

ルルとドラゴンの話なんてしたことなかったような……。

いや、待って。千回以上失敗って、どこかで見たことがある気がする。主に、コメントで……。

なんとか思い出そうとしてたら、ルルが光球をじっとり睨《にら》み付けてた。こわい。

「とりあえずエドガー。お前は許さない。絶対にだ」

『ヒェッ』

『エドガーいたのかｗ』

『思い出した。初期の頃の、放牧地訪問のやつ』

『あー！　あー！　あれってルルだったのか！』

『お前本当にコメントの時と性格違いすぎるだろ！』

『あんなもんわかるか！』

あー……。うん。私も思い出した。放牧地で思い出した。エドガーさんと会った時に、千回以上失敗してるってコメントがあったね。あれがルルさんだったのか！

「いやコメントの時と性格違いすぎないかな!?」

「ん……？　気のせい」

「気のせい!?」

『うそだぞ』

『そいつコメントだとちょっと強気なだけだ』

『ネット弁慶ならぬコメント弁慶』

『変な単語が生まれてるｗ』

ルルを見ると、すっと目を逸《そ》らされた。ルルが言うには、意識してやってるわけじゃない、らしい。嘘《うそ》をつく理由も思いつかないし、本当のことなんだろうね。

「つ、次！　次の子！」

「話逸らしたね」

『逸らしたな』

『逃げちゃだめだ逃げちゃだめだ！』

ルルは無視することにしたみたいで、次の子、というより最後の子を召喚した。この最後の子がルルのとっておきだ。そう、ドラゴンよりも。

召喚されたのは、小さなキツネ。ぱっと見は子ギツネだけど、そういう種らしい。小さな体に大きなふわふわ尻尾がゆらゆら揺れる。

『いやあああ！』

『ぎゃあああ！』

「うひえ!?　な、なに!?」

なんかコメントが阿鼻《あび》叫喚《きようかん》の嵐なんだけど!?　なにこれ!?　なんだこれ!?

ルルは、原因は分かってるみたいだけど遠い目をしてる。何か思い出してるみたいだけど、何だろう。分からないからアリスを頼る。アリスに視線を向けると、苦笑いで教えてくれた。

「その子は空狐《くうこ》。高難易度ダンジョンに出てくるモンスで、まあ、うん。みんなのトラウマ」

「うん。ドラゴンほどじゃないけど、高いステータスの上に小さな体で素早く動いて、さらに動き回りながら高威力の魔法を使う強敵。可愛《かわい》らしい見た目に反して高難易度ダンジョンのトラウマ一号くん」

「トラウマ？」

つまり阿鼻叫喚のコメントさんは高難易度ダンジョン経験者らしい。それにしても、こんなに小さくて可愛らしいのに、強いんだね。聞いた限りだと、間違い無く私じゃ勝てないかな。

さて、それじゃあれんちゃんを呼んでみよう。ちなみにれんちゃんはドラゴンを撫で撫でしてる。ドラゴンはれんちゃんが撫でやすいように頭を下げてる。

「れんちゃん、次の子いいかな？」

「あ、うん！」

うん。れんちゃんの方の緊張は完全になくなってるね。もふもふに夢中だ。ドラゴンはもふもふじゃなくてすべすべだけど、あれはあれでいいらしい。

れんちゃんが振り返って、そしてキツネを見た。

「キツネさん！」

れんちゃんが空狐に駆け寄る。でも少し離れた場所で立ち止まって、ルルを見た。

「な、撫でてもいい……？」

「ん。もふもふしてあげて」

ルルが頷くと、れんちゃんの顔がぱっと輝いた。れんちゃんが空狐に両手を広げると、空狐は嬉しそうにれんちゃんの胸に飛び込んだ。ふわふわしっぽをふりふりしながら、れんちゃんの顔をなめまくってる。かわいい。

『本当に、かわいさはトップクラスなんだけどな……』

『俺もテイムしたいけど、強すぎてなかなか……』

『正直に言ってルルがすごく羨ましい』

これだけかわいかったら、やっぱり人気もあるよね。すごくよく分かる。

「ふわあ……もこもこ……」

「かわいい、でしょ？　自慢の子」

えへん、と胸を張るルルも十分かわいいと思う。いや、でもほんと、空狐かわいいね。私もだっこしたい。だめかな？　れんちゃん、次私ね？

「はい」

「おおっと……」

れんちゃんから譲ってもらって、抱いてみる。これはすごいもふもふだ。ラッキーに負けてないんじゃ……。

なんて思ってたら、ラッキーがいつの間にかれんちゃんの腕の中にいた。もしかして、嫉妬、したのかな？　心なしか空狐を睨んでるような気もするし。

「ラッキーももちろんかわいいよー?」

れんちゃんがラッキーをぎゅっと抱きしめてる。いつもはれんちゃんの頭の上で寝てばかりのラッキーだけど、独占欲というか、他の子と仲良くされてたらそれはそれで面白くないのかな。

満足したので、空狐をまたれんちゃんの方に戻そう……としたんだけど、ラッキーがすごく抵抗してる。れんちゃんにしがみついてやだやだしてる。ひしっとしがみつくラッキーとちょっと困った笑顔のれんちゃん。

ああ、いいなあ。すごくいい。本当に見ていて、こう、心がぽかぽかしてくるね。

「うへへ……」

『見てみろよ。醜い笑顔だろう?』

『信じられるか? こいつ、れんちゃんの姉なんだぜ……』

『きもい』

「すごくストレートの罵倒できたね!?」

さすがにそれはちょっときついですよ! 心が痛いです! でもれんちゃん見てたらそれも忘れちゃう! ああ、かわいいなあ!

おっと、ラッキーがれんちゃんの頭の上に戻った。ちょっと渋々といった様子。すごく分かりやすい反応するね。

れんちゃんの腕の中に空狐をイン。またぺろぺろ舐《な》め始める空狐と嬉しそうなれんちゃん。

「って、あれ？　この子、私のことは舐めてくれなかったんだけど」

『空狐も人を見てるってことだろ、言わせんな恥ずかしい』

「どういう意味だこの野郎」

『そのままの意味ですが何か？』

『まさか……自覚しておられない……？』

こいつらはあれかな、喧嘩《けんか》売ってるのかな。でも心当たりがないかと聞かれると、その、ちょっと困るけど。いや、うん。大丈夫。私は普通だ。間違い無い。

「ルルさん！」

「ん……。どうしたの、れんちゃん」

「この子のお名前は？」

ああ、そう言えば名前までは聞いてなかった。一度見せてもらった時も、こんな子がいるよ、程度の顔見せだったからね。

「ん……。そら」

「ええ……」

『空狐だからそら、てか？』

『なんて安直なネーミング』

『分かりやすいっちゃ分かりやすいけどw』

わかりやすさで言えば、納得はできる。けど……。ちょっと安直すぎるとは思うかな。

『と、ミレイはそのように供述しています』

『白いウルフにシロと名付けた姉が何か言ってるな』

『ミレイ、間違い無くお前も同類だからな？』

「ごめんねミレイちゃん、ちょっと擁護できないかな」

「なんと」

私はシロってかわいいと思うんだけど。ね、れんちゃん。あ、空狐のそらに夢中だ。これは反応してくれないやつだ。寂しい。

「そらちゃん。かわいい名前！」

「そうだねかわいい名前だね！」

『おいｗ』

『相変わらず手のひらクルックルやなｗ』

当たり前だ。れんちゃんが白と言えば灰色も白だ。だから問題なし。

さて、それじゃ、この子たちと一緒に遊ぶとしよう。まあ、遊ぶと言っても、れんちゃんがもふもふするのを眺めるだけ、だけどね。

「れんちゃんがすっかりキツネさんを気に入ってる件について」

「ん。かわいい」

「すごくかわいいよね」

「うん。とってもかわいい」

『だめだこいつら、早くなんとかしないと……』

『じゃあお前がどうにかしろよ』

『できるわけないだろうバカかお前！』

『なんでこんなに怒られたの……？』

れんちゃんはそらを気に入ったみたいで、ずっと腕に抱いてる。見て分かるほどにふわふわもこもこだからね。気持ちはとても分かる。

でも、こうなると心配なことがある。今のうちに考えておこうかな……。

「ところでね、ミレイちゃん」

「ん……。なに？」

「せっかくここに来たんだし、レジェをもふもふしたいなって」

ああ、そっか。アリスもこのホームに来るのは初めてだし、レジェが気になるのは当たり前か。

ルルもいつの間にか私を見てるし。ルルもやっぱり触りたいらしい。

「ストーリーをやった時からずっと触りたかった。実はそれも楽しみだった」

「あはは。そうだよね。一応れんちゃんに聞いてくるね」

れんちゃんなら断らないとは思うけど、一応ね。

そらを抱きしめてふにゃふにゃになってるれんちゃんに声をかける。いや本当にふにゃっふにゃだ。幸せそう。やっぱり新しいもふもふは格別なのかな。

「れんちゃん。ちょっといい？」

「んぅ？」

「アリスとルルが、レジェに会いたいって」

「レジェ！」

うわびっくりした!?　れんちゃんが急に立ち上がって、ぱっと私を見て、次にルルとアリスを見て、そしてにんまりと、なんだかいたずらっぽく笑って……。

あ、なんかこれ、いやな予感が……。

「がおー！」

れんちゃんが叫んだ瞬間、あっちこっちからモンスたちの大咆哮《ほうこう》が響き渡ってきた。

「うひゃあ！」

「ん……」

『ぬあああ！』

『耳が！　耳があああ！』

『鼓膜ないなった』

『がおーたすかる』

『がおーたすかるというパワーワードよ……』

いやあ、すごい大迫力だね。姿は見えないけど、多分レジェもがおーに加わって、すごくパワーアップしてたと思う。びりびりと空気が震えてる、そんな気がする。

いつからか分からないけど、れんちゃんががおーするとみんなが吠《ほ》えるようになってるんだよね。最初はラッキーだけだったのに、今ではレジェも含めての大咆哮。初めて聞かされた時はれんちゃんがやり遂げたような満足顔だったから、れんちゃんが教えたのかも。

「ミレイちゃんは平気そう……、って、耳塞いでる!?」

「なんとなく嫌な予感がしたから」

「ん……。これがれんちゃんとの付き合いの差……?」

れんちゃんは良い子だけど、いたずらを全くしないってわけじゃない。以前私にいたずらしようとした時みたいにね。れんちゃんの顔を見てると、あ、何かやろうとしてる、程度なら分かるようになった。

まあ、百発百中じゃないけど。でも今日は分かりやすかったね。

「むふー」

『れんちゃんのドヤ顔かわいい』

『これぞドヤ顔の見本だな。憎めないドヤ顔なんてなかなかない』

全面的に同意する。だから撫でておこう。れんちゃんを撫でると、気持ち良さそうに目を細めてくれる。犬みたいだね。

「それでれんちゃん。レジェは？」

「あっち！」

れんちゃんが指差す方を見てみると、空を飛ぶレジェの姿が。悠然と空を飛ぶレジェ。そういえば、空を飛ぶレジェを見るのは初めてかも。

「わあ……。格好いいね……！」

「ん……。もふもふドラゴンが飛ぶ姿も、なかなかいいかも」

アリスとルルもレジェの飛行に見惚《みと》れてる。れんちゃんはどこか満足そうだ。もしかして、これを見せたかったのかな？

『やめて飛ばないでブレスはもういやだ蘇生《そせい》アイテムがががが』

『トラウマ刺激されてるやつもいるなw』

コメントは、かっこいいと、こわい、が半々ぐらい。怖いっていうのは、トラウマみたいなものらしい。戦闘時は飛翔《ひしょう》してブレス攻撃してくるのだとか。

戦闘時はすごく大きいサイズだろうし、トラウマになるのも分かる気がする……。

「レジェ！」

れんちゃんが呼ぶと、レジェはゆっくりとこちらに下りてきた。れんちゃんの家の隣に、ずしんと地面を響かせて降り立つ。今日のレジェはお家と同程度のサイズだ。

「どうぞ!」

れんちゃんのお許しが出たので、アリスとルルが早速触りに行った。

「わわ、すごいもふもふ! ふわふわというかもふもふというか……。すごいねこれ!」

「ん……。これは、羨ましい。私もテイムしたくなる。もう戦えないけど」

『いいなあいいなあ羨ましいなあ!』

『ちくしょう俺も触りてえなあ……!』

みんなの反応もなかなかいい。さすが魅惑のもふもふだ。そう思うと威厳も何もなくなっちゃうけど、それはそれでいいかもしれない。

みんながレジェに夢中になってる間に、れんちゃんはそらのもふもふに戻ってる。よっぽど小さいキツネさんが気に入ったみたいだ。腕に抱いて、ふんにゃり幸せそう。

みんなもふもふ仲良し幸せ。とってもいいことだね。

「でもこれ、コラボの意味ある……?」

『それは言わないお約束』

『思っても誰も言わないようにしてたのに、察しろバカ!』

『こいつ、死んだな……』

「なんで?」

そんな約束も暗黙の了解も聞いたことがないよ。わざわざ言う必要はない、と言われたらその通りだけどさ。

それじゃ、私はシロを呼んで、のんびりさせてもらおうかな。


「まさか一時間もふもふし続けて終わりになるなんて、さすがに思わなかったよ」

「ん……。ごめん……」

コラボ配信を始めて一時間。確かに綿密な計画を練ってたわけではないけど、それでもまさかずっとなでもふし続けるだけとは思わなかった。アリスも苦笑いしてるし。ちなみにアリスは途中でレジェから離れて、私とのんびりおしゃべりしてた。

「れんちゃん、どうだった？」

「キツネさんかわいかった！」

「そっか！」

ずっとそらを離さなかったからね！　抱いてもふもふし続けてたからね！　すごく気に入ってるとは思ってた！

時間になったらわがまま言わずに放してくれたから、満足はしたみたいだけど。

そう、思っていた。

「おねえちゃん」

くいくい、と服の袖を引っ張るれんちゃん。なんだろう。屈んで、れんちゃんと目を合わせる。

「なにかな?」

「わたしも、キツネさんとお友達になりたい」

ああ、やっぱり。そう来ると思ってたよ。予想の範囲内、というやつだ。だからルル、そんなに顔を引きつらせなくて大丈夫だよ。

『空狐をあれだけ気に入ってたからな。そうなるかなと思ってた』

『ルルの、私やらかしました? な絶望顔。いい表情だ……』

『気付くのが遅すぎだと言わざる……いや待てお前大丈夫かなんか危ない扉開いてないか!?』

『視聴者にやべえやつが交ざってて草』

私は何も見ていない。見てないったらない!

「れんちゃん、その……。空狐は、ちょっと私たちじゃ入れないダンジョンなんだけど……。普通のキツネさんでもいいかな?」

「いいよ?」

「あ、いいんだ」

てっきりそらと同じ空狐を希望してるのかと思ったけど、れんちゃんはキツネさんと友達になりたいだけらしい。あの大きな尻尾が気になってるのかも。それなら他のキツネさんも持ってるものだし。

うん。普通のキツネなら、どこかにいるはず。

「ルル。キツネっていたっけ？」

「ん。いる。ファトスの近くに」

「え、いやまって。どこ？」

「ファトスの北、初心者さんが入ることを想定したレベル帯」

「………」

いやいや。いやいやいやいやいや。ええ……。そんな近くにいたの……？

『俺それ知らないんだけど』

『攻略にも一切の関係がないエリアだからな。そういう山があるって聞くことはあっても、クエストの目的地にすらならない場所だ』

いや、それでもそんな近くに山とかあったら、やっぱり気になると思うんだけど……。

私がそう言うと、ルルが頷いて教えてくれた。

「ん。進入制限がある。極寒の雪山で、対策してないと寒さでダメージが入る」

『そうそう。そして現在、そんな制限があるのはその山だけだから、わざわざ対策をしてまで入ろうとする人は少ないってことだ』

『対策して入ったところで、収穫は少ないしな』

なるほどね。知ってる人は知ってるけど、知らない人は知らない、そんな場所になっちゃってるのかも。でもキツネがいるなら、私たちにとってはそれだけでとっても価値のある山だ。

「よし、それならその山に行こう。対策ってどうやればいいの？」

「ん。防寒具を着ればいい。それで十分」

「あらあっさり。そしてわりと普通」

そこはゲームらしく、こう、炎の護符とか、アミュレットとか、そんな不思議アイテムを用意しろって言われるかと思ったのに。

『言いたいことは分かるｗ』

『情報少ない頃はマジでその方面で探されてたなｗ』

『それがまさかの防寒具で解決だからな。確かに当たり前っちゃ当たり前だけどｗ』

物理的というか、リアルに考えたら防寒具必須なのは分かるんだけどね。まさかそれをゲームで求められるなんて思わない。いや、ある意味でこのゲームらしいけど。

「うん……うん……。よし！　イメージできた！」

突然、アリスがそんなことを言い始めた。気付けばアリスはじっとれんちゃんを見ていて、次に私。じっと、じっと、見られる。え、ちょっと恥ずかしいんだけどこれ。

「アリス……？」

「んー……。ミレイちゃんはシンプルな方が映える気がする……。よし、うん。決めた」

「おねえちゃん、アリスさんどうしたの？」

「バグったんじゃないかな」

「ひどくないかな!?」

『バグった言うなw』

『なんてこと言うんだミレイ！　アリスはいつもバグってるだろ！』

『AWO《アナザーワールドオンライン》一、頭がぶっとんでる生産者だぞ！』

「失礼な！」

アリスはぷりぷり怒ってるけど、ごめん、正直生産スキルを二つカンストさせた時点で、あまり言い訳できないと思うんだ。私なら絶対無理だ。

「それで、どうしたの？」

「ああ、うん。防寒着、考えただけだよ」

「え？」

「とりあえず水曜日までには間に合わせるから、ちょっと待ってね」

そう言うと、アリスは自分のメニューを開いて何かをやり始めた。しかも鼻歌交じりでとても楽しそう。いや本当にどうしたのこれ。

「ルルさんルルさん。この子どうしたの？」

「ん。服を作るモードに入っただけ。今から素材とか集めるんだと思う」

「…………。誰の？」

いや、そんな呆《あき》れたような目で見ないでよルル。

『この流れでれんちゃんとミレイ以外の誰の服を作るんだよw』

『山と防寒具って聞いた時からすでに思考に没頭してたぞ』

『多分、いや間違い無く、れんちゃんに似合う防寒着を想像してたんだと思う』

ええ……。いや、それは嬉しいし有り難いんだけど……。でも、アリスの服って本来高いんだよね？　さすがにこれ以上作ってもらうのは本当に気が引けるんだけど……。

「あ、あのさアリス。さすがにこれ以上もらうのは……」

「え？　ミレイちゃんに拒否権ないよ？」

「なんて？」

「私が作りたいから作るの。ミレイちゃんは黙って受け取りなさい」

「ええ……」

横暴だ！　いや有り難いよ？　有り難いのは確かなんだけど！　こう、もらってばかりだと、本当に色々と申し訳ない気がして……！

私が何とも言えない表情をしていたせいか、アリスが噴き出して笑い始めた。ひどい。

「いや、うん。ごめん。じゃあミレイちゃん、こう思って」

「ん？」

「この子に触らせてもらったお礼、ということで」

アリスの視線の先にいるのはレジェ。それは、うん……。これ以上は、失礼か。

「うん。分かった。じゃあ、お言葉に甘えます」

「よし。じゃあ、そういうことで！　一週間、いや、水曜日までに用意するから、それまで待ってね！」

というわけで、防寒着はアリスが作ってくれることになった。私たちで用意する必要がなくなったのは助かるけど、本当に、アリスには感謝してもしきれない。いつか何かで返せればいいけど。

「それじゃあ、れんちゃん。キツネさんに会いに行くのは水曜日になるけど、大丈夫？」

「うん！」

れんちゃんも問題はないらしい。これなら待ってても問題はなさそうだ。

「ん……。それじゃ、水曜日、だね。案内役はいる？」

そう聞いてくれたのはルルだ。案内役って、キツネと会えるまで手伝ってくれるってことかな？

それは、とても助かる。どんな場所か、私も分からないから。

「いいの？」

「ん……。二回目のコラボ、ということで」

「あ、そうなるんだね」

なるほど、言われてみればコラボになるのか。……いや待って、なんかしれっと、配信するってことになってるけど……。

「しないの？」

「いやするけど！」

『二回目のコラボ告知キタ！』

『告知っていうか、自然と決まったけどなｗ』

『来週水曜にキツネ配信だな、覚えた』

『これはきっと神回の予感……！』

ルルがいいなら、私もだめと言うつもりはない。だから、これでいい、かな……？

「よし！　とりあえず配信は終わろう！　その後に打ち合わせ！」

「ん」

『最後の最後でぐだぐだになってないかｗ』

『まって配信おわり!?　もっと、もっとれんちゃんを見たいです！』

『もふもふをもふもふするれんちゃんプリーズ！』

なんか変な要望がたくさんきてる。気持ちは分かる。私も何もなければずっと見ていたいし。みんなもこう言ってるし、もう少しだけ配信は延長しよう。時間はまだ一応三十分あるしね。

もう少し遊んでいてもいいよとれんちゃんに言うと、れんちゃんは顔を輝かせた。もう一度、空狐のそらを抱きしめる。やっぱりとても気に入ったみたいだ。

「そらちゃんふわふわ……もこもこ……」

ああ、幸せそうにもふもふするれんちゃんがとってもかわいい……！

「うえへへへ……」

『いつもの入りましたー』

『相変わらずやべー笑顔してんねえ！』

『ノルマ達成』

「うるさいよ」

これもれんちゃんがかわいいのが悪い……、いやれんちゃんが悪いわけないじゃないか何言ってんだ私。

れんちゃんを配信しながら、少しだけルルと打ち合わせをしておこう。まあ、打ち合わせも何もないだろうけど、ね。

土曜日の夜。自室の荷物の整理をしていると、少し懐かしいぬいぐるみが段ボールから出てきた。お座りしたキツネのぬいぐるみだ。

デフォルメされたキツネで、祈願成就、という言葉が書かれた札を首から提げてるぬいぐるみ。確か、小学生の頃にどこかの神社で買ってもらったものだ。

一目見て気に入って、その時のお母さんに必死になっておねだりしたのを覚えている。引っ越しの時にどこかの段ボールに入れた覚えはあったけど、今まで見つからなかったんだよね。

それなりに古いぬいぐるみだけど、丁寧に、大事にしていたから、まだまだふわふわできれいな子だ。ちょっとだけもふもふしつつ、少し考える。

れんちゃんにあげたら、喜ぶかな？

なんとなく、この子はれんちゃんの下にいるべきだと思う。この子は祈願成就のキツネだから、私のじゃなくてれんちゃんの願いを叶《かな》えてあげてほしい。

というわけで、明日持っていくものとして、そのキツネを鞄《かばん》に入れておいた。

翌日。いつもの病室に入ると、

「えへへー。もふもふもふもふ……。もふもふもふもふ……」

「…………」

「もふもふ……、!?」

たくさんのぬいぐるみをベッドの上に並べて、もふりまくるれんちゃんの姿が！　れんちゃんは最初私に気付かなかったみたいだけど、途中で気付いて硬直してしまった。かわいい。

しばらく見守っていると、れんちゃんは無言でベッドから下りて、ぬいぐるみを一個ずつ丁寧に棚に戻していく。棚に戻す前にぬいぐるみを一撫《ひとな》でするのも忘れない。さすがれんちゃん、もふりマスターだ。

全てのぬいぐるみを戻して、ベッドに座って、れんちゃんはにっこり笑顔で言った。

「いらっしゃい、おねえちゃん」

「うん。その、なんというか……」

よし。こういう時こそ、姉力を発揮する時！

「れんちゃんは今日もかわいいね！」

「ばかー！」

「ぶへ」

枕が飛んできた。うん、なんか、間違ったっぽい。お年頃って難しいなあ……。

気を取り直して。椅子に座って、れんちゃんを見る。れんちゃんはそっぽを向いて、私と目を合わせてくれない。怒ってますよアピールだ。なお、チョコ一枚で機嫌が直ります。

けれど今日は！　チョコじゃないのだ！

鞄からキツネを取り出して、れんちゃんの膝の上へ。れんちゃんはすぐにキツネを見て、ぱっと顔を輝かせた。

「キツネさん！」

れんちゃんはキツネを手に取ると、もにもにしながらくるくるする。つまり丁寧に触りながら隅々まで確認する。そうしてから、不思議そうに首を傾《かし》げた。

「もしかして、ちょっと古いぬいぐるみ？」

少しだけ、驚いた。隠すつもりはなかったけど、それでもれんちゃんに上げるから綺麗《きれい》にしてきたつもりだったんだけど。

「よく気付いたね。ごめんね、新しい方がよかったかな……」

「あ、ううん。ちょっと気になっただけだよ？　かわいい」

きゅっとキツネを抱いて、微笑むれんちゃん。抱きながらキツネの耳を触ってるから、気に入ってくれたのは間違いないみたい。一安心だ。

「一応、それなりに古いかな。私がれんちゃんの年ぐらいに買ってもらった子だよ。れんちゃんはまだ赤ちゃんだったんじゃないかな？」

「そうなの？　じゃあ、おねえちゃん？」

「それはない」

絶対にない。断じてない。そのポジションは私だけのものだ。

なんて思ってたら、れんちゃんに苦笑いされてしまった。

「わたしのおねえちゃんは、おねえちゃんだけだよ？」

「れんちゃんはかわいいなあ！」

「わぷ」

ぎゅっとしてなでなでする。ついでに喉あたりもこちょこちょすると、気持ち良さそうに目を細めた。うん、今日もやっぱりかわいい。

「おねえちゃん」

「んー？」

「この子、おねえちゃんがもらったものでしょ？　いいの？」

キツネを私の目の前に割り込ませてくる。むう、れんちゃんが見えない。キツネのくせに生意気だ。もふもふしてやれ。

「いいのいいの。私の部屋で段ボールの中にいるより、れんちゃんの部屋でお友達と一緒にいた方がいいだろうからね」

「段ボール……かわいそう……」

「いや、うん。面目ない……」

本当にね。一年以上段ボールの中で眠ってたことになるからね。そんな私と一緒にいるより、れんちゃんや仲間と一緒にいた方がきっと喜ぶはずだ。間違い無い。

「大事にするね」

「うん。れんちゃんなら大丈夫だと知ってるからね」

キツネをきゅっとするれんちゃん。とりあえず視覚撮影をしたくなりました。どうして私は！

今スマホを手に持ってないんだ！　私の馬鹿！


「そんなことがありました」

『なあミレイ。開始直後に自慢話するのやめよ？』

『せめてそれを撮影なりしてこいやクソがあ！』

『めっちゃ怒ってる人いて草』

あははー。絶対にやめないとも。私はれんちゃんを自慢します。そのための配信だから！

さて。今日の配信は拡張されすぎて魔改造されてしまった森の探索だ。れんちゃんのホームの森ね。いつの間にか広さだけじゃなくて、その様子もすごいことになってるんだよね。

森を見たれんちゃんは目をまん丸にしていた。気付いてなかったらしい。いつもはウルフたちから遊びに来てくれるから仕方ないかもしれない。

「これがれんちゃんの森です」

『なにこれ』

『すげえ。極まるとこうなるのか……』

『もはや原生林だなw』

そう。見た目は原生林だ。私もリアルで原生林なんて、写真でしか見たことないけど。ここを探検するのはとっても楽しそう。

『迷子になりそうで怖い』

『ミレイ大丈夫か？　ちゃんとエサを目印に置いていくんだぞ？』

「ウルフたちに食べられる未来しか見えないよ」

パンのくずとか目印にする、なんてよく聞くけど、ここのウルフたちは食べ物だったら何でも食べるからね。それを目印にしても、間違い無くみんな食べられちゃうと思う。

そもそもとして、目印なんて必要ないんだけど。

「ホームから出入りしたられんちゃんのお家《うち》の前に帰れるからね」

『そう言えばそうだったなw』

『もし帰れなくなってもレジェを呼べば迎えに来てくれそう』

「迎えに来てくれそうだけど、この原生林は跡形もなくなりそうだね」

『たしかにw』

ゲームだから壊されないとは思うけどね。

「それに、ちゃんと案内役がいるよ。れんちゃん」

「はーい」

れんちゃんが嬉《うれ》しそうに手を上げて、そして叫んだ。

「ディアー！」

するとすぐに、原生林の奥からディアが走ってきた。ディアの周囲にはウルフの群れ。すぐに私たちを取り囲んで、ディアがれんちゃんの前にお座りした。

大きなわんこが尻尾をぶんぶん振ってる。音が聞こえてきそうだよ。

『尻尾振ってるだけなのに迫力がすげえw』

『なんだろう、すごく大きくて威圧感があるのに、愛嬌《あいきょう》がある』

『わかるw』

急に出てこられるとびっくりするけど、慣れると普通にかわいいよ。

「ディア、もふもふ！」

「わふ」

「えへー。もふもふ……」

『もふもふは芸か何かなの？』

『れんちゃんに言われてもふもふしやすいように屈《かが》んだように見えたな』

『もふもふするれんちゃんもされるディアもかわええなあ』

うん。全面的に同意するんだけど、これ、原生林の探検できなくないかな？

ウルフたちが自分も撫でてもらおうとれんちゃんの周りに集まり始めてる。これは間違い無く長くなるね。でも、れんちゃんが幸せそうだし、別にいいかな。

「というわけで、原生林探検はお預けです」

『これはしゃーないｗ』

『これでいい。いやこれがいい』

『もふもふをもふもふするれんちゃんはかわええのう』

せっかくだし、私ももふもふしようかな。とりあえずシロをもふもふしよう。シロを召喚して、と。

「シロ。ちょっとこう、ごろん、としてよ」

「…………」

ねえシロさん？　どうして呆《あき》れたような目をするの？　どうしてそっぽを向いちゃうの？　そしてどこに行っちゃうの!?

「シロがれんちゃんのもふもふの順番待ちに並んじゃったんだけど」

『草ァ！』

『テイムモンスに無視されるテイマーがどこかにいるらしい』

『仕方ないな。シスコンの姉よりかわいいれんちゃんの方がいいに決まってる』

まあそうだね！　シロにはれんちゃん優先っていつも言ってるからね！　これもれんちゃんがかわいすぎるのがわる……、いやれんちゃんが悪いわけがない何言ってんだ私。

『ミレイの表情がころころ変わってて、率直に言って気持ち悪い』

『落ち込んだり笑顔になったり暗くなったり……。情緒不安定すぎない？』

『ミレイちゃん、わりと真面目に大丈夫？　頭とか』

「真面目に聞いてないよねそれ」

うん。でもそうだね。心配かけちゃだめだよね。よし。よし。

気を取り直して、すでにれんちゃんとのもふもふが終わった子を呼んじゃおう。と、思ったんだけど。

「おねえちゃん」

「ん？」

れんちゃんが手招きしてる。なんだろう。れんちゃんの方へと向かうと、シロがれんちゃんの隣でごろんとお腹《なか》を見せてた。何を待ってるのこの子。

「えっと……。れんちゃん？」

「うん！」

「うん……」

何がうんなのかなれんちゃん!?

『どうしたミレイ！　それでもれんちゃんのお姉ちゃんか！』

『ミレイなら、以心伝心でれんちゃんがやってほしいことを察するはずだ！』

『さては貴様、偽物だな!?』

「めちゃくちゃ言ってくるね!?」

いや、でも何となくは分かるんだけどね。

れんちゃんの隣に座って、シロのお腹をゆっくり撫でる。するとシロは気持ち良さそうに目を閉じた。なんだこいつかわいいな。

れんちゃんは満足そうに頷《うなず》いて、私の隣で別のウルフを撫で始めた。正解、だったみたいだね。

『マジかよこいつ本当に察したぞ』

『フォローしてやるつもりが必要なくなった』

『さすがミレイ、略してあたおか』

「喧嘩《けんか》売ってるの？」

略してない上にただの罵倒だってば。

その後は、れんちゃんと一緒にウルフたちをもふもふし続けた。もふもふもれんちゃんもとってもかわいかったです。んふー。

「キツネさんと友達になるキツネ旅！　はーじまーるよー！」

「はーじ……？　はじまーるよー？」

『開幕一言目がそれでいいのかお前は』

『ミレイの真似《まね》をするれんちゃんかわわ』

『ただれんちゃんですらきょとん顔なのは草なんだ』

真似してくれただけで私にとっては十分なのさ。

というわけで。待ちに待った水曜日。今日はルルと合流して、三人でキツネさんに会いに行きます。どんなキツネがいるのか、今からわくわくだね。

「ちなみにれんちゃん、どんなキツネさんと会いたい？」

「キツネさん！」

「うん。キツネさんに差はないからどんな子でもいいよ、と。なるほど」

『あの一言にそれだけの意味がこめられてんの……？』

『ミレイはエスパーだった……？』

『こういうれんちゃんの気持ちを察するのを見ると、お姉ちゃんなんだなって』

「むしろ私を何だと思ってるの？」

『シスコン』

『笑顔がやべーやつ』

『頭がぶっ飛んだ姉』

「よっし、その喧嘩《けんか》買っちゃうぞー。さっきのコメントの人は追放ね」

『やめてください死んでしまいます！』

『今更この配信が見られない生活なんて耐えられない！』

『ごめんなさい許してお願い』

「必死すぎて逆にびっくりだよ」

さすがれんちゃん、人気者だね。れんちゃんの頭を撫《な》でてあげると、れんちゃんは不思議そうに首を傾《かし》げてすり寄ってきた。もっと撫でて、ということらしい。今日は甘えんぼモードかな？

なでくりなでくりこちょこちょこちょ。

『おれたちは……何を見せられて……』

『甘えるれんちゃんかわいすぎないか？』

『れんちゃんは普段からかわいいだろ何言ってんだお前』

まったくだ。れんちゃんはいつもかわいいです。

さてさて。とりあえず出発しないとね。時間は有限だ。ルルが言うにはそんなに長くないクエストらしいけど、少しでもキツネと遊べる時間を作りたいからね。

「それじゃ、行こうかれんちゃん」

「はーい」

「かわいいなでくりしちゃう！」

「はやくしよ？」

「あ、はい。ごめんなさい」

『れんちゃんつよいw』

『飴《あめ》と鞭《むち》の使い分けをしてる……？』

『普段からミレイに苦労かけられてるからな……』

いや待ってほしい。私そんなに苦労かけてるかな？　え、そうなの？

れんちゃんを見る。いつの間にかラッキーを頭に載せてもふもふしていた。うん。いつも通りだ。何も問題はない！


今回の目的地はファトスの北にある雪山、フォボス山だ。ちなみに雪山は今のところフォボス山しかないから、ほとんどの人が雪山って言ってる。そしてほぼそれで通じる。

雪山に行くには途中で二つのエリアを抜けないといけない。徒歩だとさすがに時間がかかるから、カンクルに会いに行った時みたいにディアに乗っていく。

というわけで。

「れんちゃん先生！　お願いします！」

「えっと……。うむ？　まかせたまえ？」

『この言わされてる感よ』

『れんちゃんに何を言わせてんだお前はｗ』

「いや、つい」

ちょっとやってみたかっただけです。

れんちゃんがディアを召喚してくれたので、一緒にその背中に乗る。れんちゃんのお手入れが行き届いてるのか、すごくもふもふふわふわだ。寝転がったら気持ち良さそう。だから、うん。これは仕方ないこと、ということで。

「もふもふごろーん」

「もふもふごろーん」

『この姉妹はｗ』

『似たもの姉妹ｗ』

『少し羨ましい……。気持ちよさそう……』

ディアは大きいからね、ごろんとできる。でもさすがに二人だとごろごろは少し危ないけど。

ディアの背中に揺られながら、ファトスの北、カリスト雪林を駆け抜ける。カリスト雪林にいるモンスはファンタジーでおなじみのスライムだ。ファトスの側《そば》のエリアだけあって、全てノンアクティブ。スライムがぽよぽよしてるのを眺めながら、駆け抜けていく。

ただ、れんちゃんがスライムに興味を示したのはちょっと予想外だった。

「スライムさんかわいかった……」

「うん。まあ、ぽよぽよしててかわいいかな。意外と愛嬌《あいきょう》があるし」

「むう……。スライムさんともお友達になりたい……」

「あはは。いいよ。でもまた今度ね？」

動物じゃないからだめかなと思ってたんだけど、スライムも大丈夫なのか。忘れないようにしないとね。

しばらくディアの上で揺られていると、すぐに雪林を抜けることができた。雪林を抜けた先は一本道が延びていて、その奥に雪山が見える。ちなみに雪林と雪山の間は雪原だ。

私は以前も見た光景だから気にしなかったんだけど、れんちゃんは私の服をちょんちょんと引っ張ってきた。

「ん？　どうしたのれんちゃん」

「ゆき」

「うん」

「あのね……。ゆきだるま、とか、ゆきがっせん、とか。してみたい」

「………」

とりあえず私は自分のことを殴りたくなった。

れんちゃんにとっては雪も初めてだ。知識として雪だるまとか雪合戦とかは知っていても、そもそもとして雪に触れたことすらない。遊んでみたいって思うのは当たり前だ。

でも、雪だるまならともかく、雪合戦は二人でやるのはちょっと寂しい。

「れんちゃん。キツネさんの後でもいいかな？　どうせなら、キツネさんと一緒に遊ぼう？」

「うん！」

お。納得してくれた。むしろ楽しみにしてくれてるかも。一安心だ。

『ああ、そうだよな。れんちゃん、雪も初めてか』

『普段から元気いっぱいだから忘れそうになるな』

『是非ともたくさん遊んでほしい』

終わったら、ね。れんちゃんも、たくさんの友達と一緒に遊ぶ方が楽しいだろうし。

雪原を走ると、すぐに雪山が見えてきた。この一本道はその雪山に真っ直《まっす》ぐ続いてるらしい。雪山のクエストがある場所も道の先だから迷うことはないんだって。ルルからの情報です。

で、その道の途中、山の入口の前に、見知った人影があった。

「れんちゃーん！　ミレイちゃーん！」

「あ、アリスさんだ！」

れんちゃんが大きく手を振ると、アリスもぴょんぴょん飛び跳ねて手を振ってきた。私と同い年ぐらいに見えるのに子供っぽい。

アリスの隣にはルルと、何故《なぜ》かエドガーさん。いや、本当にエドガーさんはなんでいるの？　エドガーさんの隣にはテイムモンスのドラゴンもいる。

三人の前で止まってもらって、ディアから下りる。草原ウルフは寒さが苦手みたいで、雪山には入ってくれないらしい。残念だ。

私に続いて、れんちゃんも下りる。とお、という掛け声と共に飛び降りて、雪の上に着地。れんちゃんはきょとんと首を傾げて、ぺたぺたと雪を触り始めた。

「おねえちゃん！　ゆき！　ゆき！」

「うんうん。雪だね。冷たい？」

「つめたい！　やわらかい！」

うん。とってもハイテンション。雪の上を駆け回るれんちゃんにディアも付き合ってくれてる。大きなわんこと雪の上で遊ぶれんちゃん。良き。

『れんちゃんめっちゃ楽しそう！』

『分かるわー。俺も子供の頃、雪が積もったらテンション上がったもんだ』

私も、リアルだとあまり雪が積もらないから、積もったらすごくわくわくしたものだ。それにしても、れんちゃん楽しそうでかわいいです。

「んふ……」

「ミレイちゃん？」

「おっと失礼」

待たせてるんだった。改めてアリスに向き直る。れんちゃんはもうちょっと遊ばせてあげたい。

「お待たせ。えっと……。エドガーさんは、どうして？」

聞いてみると、エドガーさんは苦笑い。代わりにアリスが答えてくれた。

「本当はルルと一緒に来るつもりだったんだけどね。ルルは待ちきれなくて先に来ちゃってて……」

「え。ルルはいつからいたの？」

「ん。一時間ぐらい前」

「え」

『バカだ。バカがいるぞ』

『どれだけ早くても十八時以降ってのは分かってるだろｗ』

『ルル視聴者のワイ、十七時からの配信見てたら、ルルが落ち着かないって言っていきなり配信切られたでござる』

「ええ……。何考えてるのルル。楽しみにしすぎだと思うよ？」

「ん。褒めないで。照れる」

「今のどこに褒めた部分があったの!?」

ちょっと本気で意味が分からないんだけど！　いや、落ち着け私。とりあえず流そうそうしよう。

「えっと……。アリス。続きをどうぞ」

「う、うん。まあそれで、どうやってセカンから雪山まで行こうかなって思ってたら、お店にエドガーさんが来たの」

「ふむふむ」

「だから足にした」

「おい」

アリスはアリスで何やっちゃってるの!?　思わずエドガーさんを見たら、とってもさわやかな笑顔で親指を立ててきた。

「どうも。足です」

「………」

すごく、反応に困る。でも隣のドラゴンは飛べて楽しかったのか、どことなく機嫌がよさそうだ。

つまりは、エドガーさんのドラゴンで送ってもらったってことだね。アリス、自由すぎない？

『珍しくミレイが困惑してるｗ』

『エドガーさん、ご苦労様です』

『でも美少女と二人きりとか。裏山』

「だったら今すぐ代わってほしいかな。ドラゴンで飛んでる間、早くして急げって何度も蹴られたからね。女性恐怖症になりそう」

『草』

『いやそれでも、お前の立場が羨ましい。だって、れんちゃんと気軽に会えるんだぞ』

『それな。お前ほんと自慢するのもいい加減にしろよ？』

「あれー？」

コメントに罵倒されまくってるエドガーさんはそのままにして、私は早速アリスから衣装を受け取った。れんちゃんと、私の分。うん、いいかも。

「れんちゃんやーい」

「はーい」

れんちゃんを呼ぶと、こっちにディアと一緒に戻ってきた。でもディアは雪山に近づく前に立ち止まってる。やっぱり入ってくれないらしい。

れんちゃんはすぐにディアに気付いて、最後にディアへ抱きついた。

「また遊ぼうね」

少し、もふもふして召喚を解除。ディアがいなくなってちょっとだけ寂しそうなれんちゃんがすぐに駆け寄ってくる。おっと、抱きついてきた。とりあえずぎゅー。

「れんちゃんの防寒着をアリスからもらったよ！」

「わ！　ありがとうアリスさん！」

にっこり笑顔でお礼を言うれんちゃん。うん、アリス。すごく笑顔がだらしないよ。でへへ、なんて効果音が聞こえてきそうなぐらい。

とりあえずれんちゃんに服を譲渡して、早速着てもらった。

れんちゃんの防寒着は、薄い青色の毛糸の帽子に、同じ色のもこもこセーター。下はスカートだけど、もこもこが足を覆ってる。手袋ももこもこ。全体的にもこもこ。

「まさにもこもこれんちゃん。何これかわいい。写真写真」

『かわいい』

『もこもこしてる！』

『れんちゃんれんちゃん！　くるっと！』

「んー？　こう？」

れんちゃんがその場で一回転。かわいい。何度も言う。かわいい。もう一回言う。かわいい。

「大事なことなので三回言ってついでに三回言う！　かわいいかわいいかわいい！」

『落ち着けお姉ちゃんｗ』

『間違い無く俺たちよりも興奮してるｗ』

『こんな保護者で大丈夫か？』

『大丈夫じゃないけど手遅れだ』

いやだって、本当に、かわいい。もこもこっていいよね。とりあえず後ろからぎゅっとしてみる。

おお、ふわふわもこもこ……。

「あったかい……。アリスさんありがとー！」

「いえいえ、どういたしまして。……すごいね、ミレイちゃんが急に抱きしめても動じてないよ」

『日常茶飯事なんやろなｗ』

『てえてえ……？』

『てふてふ』

『なんて？』

いやあ、役得役得。お前らが何を言おうとも、この場所は譲らないよ。ふふん。

「アリスさん。このちっちゃい帽子ってもしかして……」

「うん。ラッキーの帽子」

「わあ！」

頭で寝ていたラッキーをれんちゃんが両手で持ち上げる。起きたラッキーがふわ、と眠たそうに欠伸《あくび》をして、小さく震えた。さすがに寒いのかな？

そんなラッキーの頭に、れんちゃんが小さな帽子を被《かぶ》せてあげた。れんちゃんとお揃《そろ》いの帽子だ。

ラッキーは不思議そうに首を傾げていたけど、すぐに嬉《うれ》しそうにれんちゃんのほっぺたを舐《な》めた。

まあ、多分、分かってはないだろうけど。

「ラッキーかわいいよ！」

「わふん」

おまかわ。

「おまかわ」

『おまかわ』

うん。みんなの心が一つになった気がする。

「おねえちゃんは？」

「ああ、うん」

れんちゃんから離れて、私もアリスからもらった衣装を装備した。

私の方はシンプルだ。赤いコートで、首回りがちょっともふもふ。もこもこの耳当てつきだ。

シンプルだけど、ちゃんと防寒着扱いみたいでぬくぬくしてる。うん。いいと思う。

「ミレイちゃんは戦うこともあるかもだし、ちょっとシンプルで動きやすいものにしてみたよ」

「うん……。ありがとう、アリス。気に入った」

悪くない。むしろ私の趣味だ。さすがアリス、分かってる。

「おねえちゃん！　くるって！　くるって！」

れんちゃんの要望があったのでその場で一回転。くるっと。ほれほれ、どうかなれんちゃん。

「おねえちゃんかっこいい！」

「そっかそっか。よしアリス、言い値で買おう！」

「うん。落ち着こうかミレイちゃん。前も言ったけどあげるから」

さすがアリス太っ腹！　いや、まあ、実際は請求されても払えないんだけどね。アリスの服って高いからね……。いや、本当に、頭が上がらない。

「いつもありがとうございます」

深々と頭を下げると、アリスが少し慌てたのが分かった。

「いやいや急にどうしたの!?　いいから！　そんなのいいから！」

感謝の気持ちは何度言い表しても足りないのです。わりと真面目に。

「ん……。準備、できた？　私もできた」

あ、ルルも防寒着を着たらしい。どれどれ……。

「………。いや、え？　変わったの……？」

「ん。ちょっとだけもこもこがついてる。腕先とか」

「あ、ほんとだ……。え、こんなんでいいの!?」

なんか、すごく単純だけど！　普段の装備と大差ないし！

思わず叫んでしまったけど、アリスが苦笑いで教えてくれた。曰《いわ》く、服に防寒のステータスがあったら問題ないらしい。ぶっちゃけ見た目はどうでもいいのだとか。なんだそれ。

「まあ、もこもこの方が防寒を付与しやすいのはあるけどね。でもやろうと思えば、シャツ一枚に防寒を付与できるよ」

「変なところでファンタジーしないでほしいんだけど」

『雪山にシャツ一枚とか、見た目は変態を通り越した何かだからなｗ』

『それをした配信者がいたよな。まあ、うん。見た目がやばかった』

『でもれんちゃんなら……シャツ一枚とか……』

『なんだ？　テメエ……』

『ないわ。それはないわ。マジでないわ』

『死ね。市ねじゃなくて死ね』

『ごめんて』

私が怒るよりも前に視聴者さんがマジギレしててびっくりだよ。さすがに冗談だったみたいだけど。

とりあえず、ルルも準備完了みたいなので出発しましょう。アリスとエドガーさんはこのまま帰るらしい。アリスはちょっと残念そうだったけど。

帰りもエドガーさんのドラゴンで帰るらしく、エドガーさんはドラゴンにひらりとまたがった。なにあれかっこいい！

れんちゃんもきらきらとした瞳でエドガーさんを見つめていて、エドガーさんは照れくさそうに頬をかいた。

『処す？　処す？』

『処す』

『エドガー。戻ってきたら覚悟しておけ』

「なんで!?」

うん、まあ、なんだ。がんばれエドガーさん！

「それじゃあ、またね！」

手を振るアリスとエドガーさんに、私たちも手を振る。そしてドラゴンはあっという間に見えなくなってしまった。さすがに速い。レジェもあれぐらいで飛べたりするのかな？

「ん……。それじゃ、行こう」

「あ、そうだね」

というわけで、出発だ。入口の側にいるＮＰＣに頭を下げて挨拶して、横を通る。れんちゃんも同じようにしていた。何故かその頭のラッキーも。ぺこって。

ちなみにこのＮＰＣ、防寒着を着ていないプレイヤーが通ろうとしたら注意してくれるらしい。妙なところで親切だ。

さくさくとした雪特有の感触に、れんちゃんは顔を輝かせていた。私の見える範囲でラッキーと走り回ってる。すごく楽しそうだ。

「あはは！　すごい！　気持ちいい！」

『れんちゃんテンション高いｗ』

『初めての雪なら感動するだろうな』

『雪なんていいものじゃないって思ってたけど、少し好きになった』

『北国の人か。大変だよな』

こんなに喜ぶなら、もっと早くに雪遊びをすれば良かった。その点は、ちょっと反省だね。

雪山を登り続ける。リアルだと途中で疲れるだろうけど、ゲームだとそれもない。今はまだモンスターも出ないから、とっても楽な道のりだ。

元気印なれんちゃんは、ラッキーと追いかけっこしながら着いてきてる。もちろんちゃんと私が見える範囲にいるから安心だ。もふもふわんこと追いかけっこをする妹がとってもかわいいです。

「んふふ……。れんちゃんかわいいなあ……」

「ん。ミレイ、とりあえず落ち着いた方がいい。顔がやばい」

「はい。すみません」

『顔がやばいというパワーワードについて』

『え？　この配信ではよく聞くワードだぞ？』

『落ち着けお前ら。感覚が麻痺《まひ》してるぞ』

『なん、だと……？　まさか、知らず知らずのうちにミレイに毒されていたのか俺たちは！』

「うるさいよ」

人を病原菌みたいに言うな。怒るぞ。

「で、これってどこに向かってるの？」

「村。そこでクエストを受ける。クエストを受けると、雪山にキツネのモンスターが出るようになる」

「へえ……。どんなクエスト？」

「ん。単純な討伐クエスト。表向きは、だけど」

「え……？」

なんだか引っかかる言い方だね。でもルルはこれ以上は教えてくれないらしい。まあ、全部聞いてしまうとつまらないし、いいかな。

十分ほど歩いて、小さな村にたどり着いた。

「わあ……」

れんちゃんの目がきらきらしてる。すごくわくわくしてる。今回はすごく気持ちが分かる！

村そのものは何の変哲もない。木造の家がいくつかあって、雪に覆われた畑らしきものもある。池は凍り付いていて、道具さえあればスケートもできるかもしれない。

そんな村に、キツネがいた。村のあちこちでキツネが思い思いに過ごしてる。屋根の上で尻尾をふりふりしながらお昼寝をしていたり、二匹でじゃれ合って遊んでいたり。見てるだけで飽きない。

ルル曰く、それぞれの家にキツネが必ず一匹いるらしい。外に出て遊んでいる子もいるけど、ほとんどは家の中で丸まってるんだって。すごく見てみたい。

れんちゃんはそれはもううずうずしていた。分かる。とても、分かる。すごくもふもふだからね、ここのキツネ。

『すげえ。なんだこのキツネ』

『遠目でも分かるもふもふ感！』

『はやく近くで見たい！』

私たちと同じで、ここのキツネを知らない視聴者さんもいるみたいだね。

「ルル。次は？　次は？」

「落ち着いて。圧がすごい」

「キツネさん！　もふもふしたい！」

「れ、れんちゃんも落ち着いて……」

『これはルル大変そうだなw』

『ミレイもなんだかんだともふもふ好きっぽいからなあ』

『でも俺も早くキツネ見たいんだが。早くしようぜルル』

「ん……。この後は、村長に会う。そこで、クエストを受注する。ストーリーは、なんてことのない定番のもの。九尾のキツネが作物を荒らすから、退治してほしい、というもの」

ふうん。九尾の退治ね。クエストを受けるとモンスターが出てくるってことは、その九尾の手下とかが襲ってくるってことなのかな。ルルに聞いてみたら、だいたいそれで合ってるらしかった。

「おねえちゃん、きゅうびってなあに？」

「うん。尻尾が九本あるおっきなキツネさんだよ」

「おっきなキツネさん！」

おっと、れんちゃんの目がすごくきらきらしてる！　期待値がすごく上がった気がするね！　ルルの頬がちょっとだけ引きつった気がするけど、もしかして期待外れだったりするのかな？

「そのあたりどうなの？」

「ん……。大丈夫、だと思いたい……。うん……」

単純に上がった期待値に見合うかどうか不安なだけみたいだね。大丈夫だと思いたい。

村にいるキツネさんたちを見てうきうきしてるれんちゃんを引き連れて、村長さんの家へ。定番通りに一番奥の大きな家が村長さんの家だった。いや、一番大きいといっても、ちょっと大きいかな、という程度だけど。

「ん……。準備は、大丈夫？」

「え？　いきなり戦闘とかあったりする？」

「ない」

「じゃあ、いつでもいいよ。あ、いや、むしろ早くしよう。れんちゃんがキツネさんに負ける前に」

当然ながら誘惑に、です。さっきかられんちゃんがキツネさんをじっと見つめてるからね。今にも走り出しそうだけど、ぎりぎりのところで我慢してる、そんな感じ。

「ん。それじゃ」

ルルが家の戸を叩《たた》くと、すぐに開かれた。

「おや、いらっしゃい。旅の人かな？」

出てきたのは初老の男の人。おひげたっぷり。いかにも、

「ザ・村長って感じだよね」

『わかる』

『でも今言うことじゃないw』

『村長が困惑しておられるぞ』

『ルルが噴き出しそうになってるしw』

おっと、ごめん。黙ります。ルルは咳払《せきばら》いをして、村長に言った。

「泊めてほしい」

『脈絡がなさすぎるwww』

『こいつ絶対に途中の会話面倒ですっ飛ばしたなw』

『ちな、本来はもう少し会話があります』

「ほうほう。まあ私はそこまで興味ないから別にいいよ」

導入部分だとするなら、大した内容じゃないだろうしね。ルルからかなり簡単にとはいえ依頼内容も聞いちゃってるし、村の成り立ちとか九尾の被害が語られる程度だと思う。

「うむ。小さい村ゆえ、宿がないからな。泊まっていきなさい」

泊めてくれることになりました。いや、実際に寝たりはしないけど。

村長が中に入れてくれるので、遠慮なく中に入る。

村長の家は中央に囲炉裏《いろり》がある。ちなみに煙は空中でどこかに消える不思議仕様です。絶対開発の人面倒になったな。

囲炉裏の上にはお鍋があって、くつくつと何かが煮込まれている。すごく雰囲気があるね。いい匂いもするし、美味《おい》しそう。少しもらえないかな？

どうぞ、と座布団を出してくれたので、座らせてもらった。

「あ」

れんちゃんも座ろうとして、部屋の隅にいるキツネに気が付いた。キツネもこっちに気が付いたみたいで、こちらをじっと見つめてる。かわいい。

「あ、あの！　キツネさん！　キツネさん！」

「ん？　ああ、儂《わし》がテイムしているモンスターだよ。遊んでやってくれ」

「わーい！」

れんちゃんが嬉しそうにキツネさんの下に向かっていく。村長は柔らかい笑顔でそれを見ていた。

これがＮＰＣなんだから、本当にすごい。

れんちゃんはキツネと見つめ合って、ゆっくりと手を伸ばした。キツネはしばらくれんちゃんを見つめていたけど、その指を舐める。おお、れんちゃんの顔が輝いた。

れんちゃんが両手を広げて、キツネがそこに飛び込んで。

「えへへ……ふわふわだあ……」

丁寧にキツネの背中を撫でるれんちゃん。キツネは身を委ねていて、気持ち良さそう。いいなあ、まざりたい。

「ということであります。引き受けてくださりますか？」

「わかりました」

「え」

『さらっと説明されてて草』

『返事したルルも全く話聞いてなかったしな。れんちゃんガン見してたぞ』

『まあ俺も村長の声は耳を素通りしてたけど。キツネをもふもふするれんちゃんがかわいすぎて他がどうでもいい……』

『それな』

それでいいの？　いや、私もあまりまともに聞くつもりはなかったけど。

「ん。それでいいと思う。えと……。近くにモンスターが住み着いて畑を荒らされるから退治してほしい、という内容」

「ひねりも何もないクエストだね」

どうでもいいと言えばどうでもいいんだけど。キツネさんに会えれば問題なしです。

さてさて。時間も有限だし、さっさと行こう。

「れんちゃん行くよ」

「えー……」

部屋の隅っこでキツネを抱きしめて不満げなれんちゃん。遊び足りないみたいだ。気持ちは分からないでもないけど、どうしようかな……。

「もうちょっと……。だめ？」

「ふむう……。ルル」

「ん。時間かかるクエストじゃないから、大丈夫」

あ、そうなんだね。それじゃあもう少しぐらい、遊んでも大丈夫かな。

れんちゃんは顔を輝かせると、キツネを優しく抱きしめた。キツネも尻尾をふりふりして、ちょっと楽しそう。

「尻尾おっきいねえ……。ふわふわしてる……」

れんちゃんがそんなことを言うと、キツネが尻尾でれんちゃんの顔をくすぐった。れんちゃんは嬉しそうに笑いながらキツネを抱きしめて……。ほんわかしてきた。

「キツネの尻尾ってすごく気になるよね。抱きしめて寝たい」

『キツネの尻尾抱き枕ってのが昔あったなあ』

『え、なにその魅惑的なもの』

『普通に欲しい』

「おなじく。何か情報あったらよろしく」

調べてくれるらしいので、視聴者さんにそのあたりはお任せしよう。

キツネをもふもふするれんちゃんをのんびり見守ること、五分。ただただ見てただけだったけど、あっという間だった。いいよね。もふもふをもふもふするれんちゃん、かわいい。んふふ。

『おいもう五分経《た》ってるんだが』

『なん、だと……?』

『やべえ俺のカップ麺が！　一分のやつなのに！』

『お、おう。気合いで食べろよ』

私もカップ麺を作ってたらやらかしてたかも。

とりあえず満足したみたいで、れんちゃんはキツネさんを床に下ろして挨拶した。キツネさんの前足を優しくにぎにぎ。

「またね」

れんちゃんがキツネさんを撫でると、キツネさんも小さく鳴いた。

「お手々をにぎにぎして挨拶するれんちゃんかわいい！」

「ん。落ち着け」

『しかし全面的に同意である！』

『ああれんちゃんかわええんじゃあああ！』

『いかん！　錯乱兵だ！　衛生兵はどこだ！』

『ほっとけ』

『ひでぇｗ』

うん。いつも通り。それじゃ、出発だ。

ちなみに村長さんは何とも言えない表情でずっとこっちを見てたらしいです。いや、お邪魔して申し訳ない。


村長さんの家を出てまた山登り。どこまで行くんだろう。登頂の必要はないらしいけど。

「すぐにキツネがたくさん出てくる」

「あ、そうなの？」

「ん。とても、とてもたくさん。モンスターがいっぱい」

「おお……。高難易度クエストだね！」

「ただし全てノンアクティブ」

「ええ……」

つまりたくさん出てくるけど、こっちから攻撃しない限りは襲ってくることもない、と。ある意味見かけ倒しというか何と言うか。

『何も知らないで来たら緊張しそうだなw』

『気付いてしまうと拍子抜けだけどな』

『しかしよく考えろよミレイ。全てノンアクティブとはいえ、たくさん出てくるってことだ』

『そう、キツネがたくさん出てくるんだよ！』

「それはそれで楽しみだね！　たくさんのキツネか……！」

「キツネさん！」

「そうキツネさん！……あ、出てきてる」

れんちゃんの視線の先を見てみると、茶色にも見えるキツネがこちらを見つめていた。睨《にら》んでいるわけでもなく、じっと見つめている。れんちゃんの反応はいつも通りだ。

「かわいい！」

れんちゃんは早速そのキツネに近づいて行く。けれどそのキツネは、れんちゃんが近づいた分だけ離れてしまった。

「んー？」

首を傾げて、れんちゃんが立ち止まる。キツネも止まった。

「おいで。おいで」

れんちゃんが手招きする。けれど動かないキツネさん。あ、いや、ちょっと誘惑されてるみたい。耳をぴくぴくさせながら、れんちゃんをじっと見てる。

「別の意味で緊張してきた」

『おなじく』

『ここのキツネは警戒心が強いのかな……？』

そんなことあるのかな？　ルルを見てみると、肩をすくめられてしまった。いや、それもそうか。ルルも別にキツネばっかりテイムしてるわけじゃない、というよりもルルのキツネはずっと格上のキツネだからね。普通のキツネは分からなくても仕方ない。

れんちゃんはなおも手招きしていて、しばらくそれが続き……。

突然、キツネの奥の茂みから何かが飛び出してきた。

「んん!?」

『なんだ、敵か!?』

『ミレイ体を張ってれんちゃんを守れお前はどうなってもいいから！』

『さりげなくひどいｗ』

本当にね!?　いやもちろんそれでいいんだけど！

でも私が動くよりも前に、飛び出してきたものはれんちゃんの前で立ち止まった。尻尾をふりふりしているのは、真っ白なキツネ。れんちゃんは白い子に好かれる能力でもあるのかな？

「わあ……」

白いキツネは、もふもふだった。ふわふわだった。いや違う。もっふもふでふっわふわ。なにこの毛玉。

『あれはまさか！』

『知っているのかまさかニキ！』

『多分モデルはホッキョクギツネだな！　寒いところに住むキツネだからか他の種類よりもももふもふだ！　あと冬は白い！』

『本当に知ってた……』

ほほう。ホッキョクギツネ。あとで調べてみようかな。

「モンスターとしてはどうなの？」

「レアモンス。初めて見た。すごい。すごい」

「あ、うん……。え、もしかしてこの子、興奮してる？」

『分かりにくいけどしてるな』

『テイマーのワイ、ルルの気持ちも分かる。白いキツネはマジでラッキーウルフぐらいにはレアだと思う』

おお……。そうなんだ。それはまた……。いや、さすがに運が良すぎないかな？　入ってまだ少しだよ？

そう思ってたら、れんちゃんの頭の上からラッキーが飛び降りた。自分から下りるのはあまり見ないからちょっとびっくりした。れんちゃんも目をまん丸にしてる。

ラッキーは白いキツネに近づくと、ふんふんと匂いをかぎ始めた。白いキツネも同じようなことをしてる。最後に鼻をちょんとして、れんちゃんの方に戻ってきた。

もしかして、あの白いキツネはラッキーが呼んだのかな？　ラッキーウルフを連れて歩くともらえる恩恵の一つ、なのかも。

白いキツネは尻尾をふりふりしながられんちゃんに近づいて行く。この子は警戒心のけの字もないらしい。迷いなくれんちゃんの腕の中に飛び込んだ。

「わわ……」

慌てながらもれんちゃんは優しく受け止めて、何故か白いキツネと見つめ合った。じっと。じぃっと。そしてこれまた何故か、ぎゅっと抱きしめた。ぎゅーっと。

「かわいい……！」

うんうん。やっぱり懐いてくれる子はかわいいよね。分かるよ。とても分かる。だからお姉ちゃんにも抱かせてほしいなあ。もふもふしたいなあ……。

その白いキツネを皮切りに、茂みからたくさんのキツネが出てきた。おっかなびっくりといった様子で、たくさんのキツネが少しずつれんちゃんに近づいて行く。

れんちゃんは気付いてるのかな？　白いキツネに夢中だけど。白いキツネはれんちゃんをぺろぺろ舐めて甘えてる。ちょっとどころかかなり羨ましいです。

あ、れんちゃんが気付いた。すっごく顔が輝いてる。笑顔が眩《まぶ》しい。なんて嬉しそうな顔なの。

おお!?　キツネが一斉にれんちゃんに飛びかかった！

「私の妹がキツネさんに気に入られた件について」

『めっちゃ懐かれてるｗｗｗ』

『もふもふ祭りや！』

『相変わらずれんちゃんはモンスたらしだなｗ』

「たらし。正しいかも……」

あっちもぺろぺろこっちもぺろぺろ、尻尾でもふもふ。なんだこれ。かわいい。

「問題があるとすれば、キツネに埋もれてれんちゃんが見えなくなったことだね！」

『問題しかねえｗ』

『助けてやれよｗ』

「いやあ、すごく楽しそうな笑い声が聞こえるから……」

『この人でなし！』

「なんで!?」

キツネの山かられんちゃんの楽しそうな笑い声が聞こえるからきっと大丈夫。キツネの山……。

キツネって、なんだっけ。

私ももふもふしたいな。一匹こないかな？

私がそわそわしてる横で、ルルが突然空狐《くうこ》のそらを召喚した。いや、何するつもりなの、この子。

「ん……。ラッキーが白いキツネを呼んだのなら、そらも何かを呼ぶかなって」

「何かとは」

『何か』

『漠然とすらしてねえ、何もわかってねえ！』

『やばいもの出てきそうだなw』

フラグになりそうなことは言わないでほしいなあ！

ルルがそらを地面に下ろすと、そらはてこてこキツネたちに近づいて行く。なんだかお友達と遊ぼうとする子ギツネみたいでかわいいね。もしかしなくてもこの中で一番強いけど。

そらが小さく鳴くと、キツネの山から一匹のキツネが出てきた。黒いキツネで、こちらも子ギツネみたいに小さくて丸い。これはこれでかわいい。

「おおー……。尻尾もふもふ……」

私が手を差し出すと、ぴょんと飛び跳ねて私の首にまとわりついてきた。

『ミレイ！　この裏切り者！』

『久しぶりにキレちまったよ……』

『ミレイちゃんのばかー！』

「ええ……。なんでこんなに怒られてるの私」

真面目に意味が分からない。まとわりつかれただけなのに。いや、もしかしなくてもこの子もレアなのかもしれないけど。

黒いキツネさんの尻尾をもふもふしていたら、ずしん、と地面がわずかに揺れた。その揺れは、少しずつ近くなってる。これは、やっぱり……。

ぬっと、奥の方から出てきたのは、大きなキツネだった。九本の尾を持つ巨大キツネ。間違い無く、九尾のキツネだ。

「九尾きちゃった!?」

『草』

『自分から来るのか……』

『九尾はアクティブか？　ノンアクティブか？』

『ノンアクティブ』

あ、それなら心配するほどじゃないかな。確かに言われてみると、九尾は姿を見せただけで、攻撃をしようとはしてないみたいだ。様子を見に来たってところかな？

「どうする？　れんちゃんが見てない間に倒す？」

「え？　あ、そっか……」

れんちゃんは今もキツネ山の中だ。今なら、さくっと倒してしまえば気付かれない。目的も達成したも同然だし、私でもすぐに倒せると思う。

でも、やっぱりそれは、避けたいかな。できれば、れんちゃんにも九尾を見せてあげたい。

「ん……。わかった」

ルルも納得してくれたみたいで、とりあえずそらを送還した。何かあって攻撃しちゃうと瞬殺しちゃうからね……。

「ぷは……。あ！　おっきいキツネさん！」

あ、れんちゃんがキツネ山から出てきた。キツネさんたちに離れてもらって、れんちゃんが九尾のキツネと見つめ合う。じっと。じいっと。

先に動いたのは、れんちゃんだ。

「こんにちは」

にっこりにこにこの挨拶。九尾はそれでも動かなかったけど、しばらくしてから九尾の周りに火の玉が浮かび上がった。確か、狐火《きつねび》、というスキルだったはず。

正真正銘の、攻撃スキルだ。

『おい、さすがにまずいんじゃ……』

『どう見てもれんちゃんを攻撃しようとしてないか!?』

『ミレイやっちまえ！』

私も思わず間に入りそうになったけど、もう少し様子を見たい。狐火は確かに攻撃スキルだけど、でもそれはあくまで、初心者さんでも来れるこのエリアのボスが使う攻撃スキル。つまり何が言いたいかと言えば、初心者さんでもちゃんと耐えられる威力になってるってことだ。

「しかもれんちゃんはもこもこれんちゃんだ」

『いや何の関係が？』

『どうしたミレイ。大丈夫か？　頭』

「うるさいよ」

失礼な人だね本当に。

「そうじゃなくて、れんちゃんはアリスの服を装備してるってこと」

『あー……』

『なるほど、服とはいえ、ある程度の性能もあるのか』

『もちろんあるよ。市販の鎧《よろい》よりも防御力高いよ！』

「だよね。……物理的には納得できないけど」

『それは言わないお約束』

いや、まあ、分かってるけどね。多分魔法的な理由だ。きっとそうだ。

さて。九尾もそこまで本気で攻撃の意思はないみたいで、狐火はゆっくりとれんちゃんに近づいて行く。なんだろう、どんな意図があるのかな。

そして、れんちゃんは近くまできた狐火を、不思議そうに見つめながら右手で触れた。

「いたっ」

れんちゃんの、小さな悲鳴。

このゲームは、ダメージを受けると少しだけその部分がしびれてしまう。痛いってほどじゃないけど、何も知らなかったらびっくりする程度だ。れんちゃんも、痛がってるわけじゃなくて、戸惑ってる方だった。

でも。けれど。敵意は、向いた。

思わず動きそうになった私じゃなくて。狐火を出した九尾でもなくて。もちろん不思議そうにしてるれんちゃんでもない。

れんちゃんの周囲にいたキツネたちが、漏れなく自分よりも体の大きな九尾を睨み付けていた。

うん。なにこれ。ちょっと怖い。キツネたちがれんちゃんを守るように前に立って、そして漏れなく全てのキツネが九尾を睨み付けてる。なんだこれ。

『れんちゃん、実は全部テイムしてたのか……？』

『いやいやさすがにそれは……。ええ……』

『数が多いからか圧がすげえｗ　これは怖いｗ』

本当に。殺気だったキツネの集団って、なかなか怖い。九尾もまさか仲間たちからそんな敵意を向けられるなんて思わなかったのか、見て分かるほどに狼狽《ろうばい》してる。

後退《あとずさ》る九尾。ゆっくり近づくキツネたち。

そして、小さな動物たちの頂上戦争が始まろうと……！

「けんか、だめだよ？」

れんちゃんのその一言で敵意が霧散した。

「みんな仲良くしないと、だめ。ね？　でないと、えっと……。おこっちゃうぞ！」

がおー、のポーズで言うれんちゃん。かわいい。

でもキツネたちには効果はあったみたいで、見て分かるほどに慌て始めた。キツネたちが我先にとれんちゃんに集まっていく。ごめんね、と謝ってるのかな。

「なんだろう。さっきまで剣呑《けんのん》だったのに、今はすごくほのぼのしてる」

『かわええのう』

『たくさんのキツネと戯れる幼女……』

『いい……』

『いやお前ら、あそこで立ち尽くしてる九尾にも反応してやれよw』

九尾の方へと目をやれば、呆然《ぼうぜん》と突っ立ってた。なんだかちょっぴり悲しそう。哀愁が漂ってる気がする。

そんな九尾にれんちゃんは近づいて行って、にっこり笑って手を差し出した。

「なかなおり！」

九尾は、逡巡《しゅんじゅん》してたみたいだったけど、そっとその手に顔を寄せた。

『イイハナシダナー』

『なんだろう、この……。なんだこれ』

『それでいいのか九尾のキツネw』

うん。まあ、いいんじゃない、かな……?

私はそれよりも、ルルが硬直してることが気になるんだけど。ルルさんや?

「ん……。クエストがクリア扱いになってる」

『え? 討伐クエストでは……?』

『テイムは討伐扱いだった……?』

そこからいなくなる、という意味合いなら確かに同じだけど、ちょっとだけ納得いかないんですが! いや、問題あるかないかで言われたら、私はないけどさあ!


みんなで村に戻る。後ろにたくさんのキツネと、さらには九尾を引き連れて。

うん。その。どうしてこうなった。

『これはまさか!』

『知っているのかコメント!』

『百鬼夜行ならぬ、もふもふ夜行!』

『三点』

『そんなー』

仲いいなあ、この人たち。

れんちゃんは比較的大きなキツネさんの背中にいる。れんちゃんの頭の上にはラッキーがいて、肩の上には白いキツネ。尻尾ふりふりがかわいらしい。

れんちゃんもそれはもう楽しそうに鼻歌なんて歌っちゃって。とても機嫌がよさそうだ。すごく楽しそうな雰囲気。いいね、こういうの。

そんな私たちを出迎えたのは、なんと村人全員だった。なにこれ。

ざっくりと、簡単に説明しようと思う。

本来のイベントの流れは、ボスを倒して村に戻ると、村そのものがなくなってる、という終わり方らしい。報酬も当然もらえない、本当によく分からないクエストだったんだとか。

これでボスが強かったら苦情も多かっただろうけど、幸いと言うべきか、ボスが弱いから特に問題なくクリアできるクエストなので、そういうイベントなんだろうと言われてきた、らしい。

ただ、人によっては、村は残ったままだったとか、そんな報告もあったみたいなんだけど……。

で、今回、村人さんたちから話を聞いて、その理由も分かった。

とても、とても、単純な理由。九尾と村がグルだった。九尾が倒されてしまったから村人たちは逃げ出した、というのが真相だったみたいだね。

九尾がれんちゃんにテイムされちゃったので、村人さんたちはれんちゃんと共に来るらしい。いやいやさすがに人はと思ったけど、全員キツネだった。うん。なんか途中からそんな気がしてたよ。

「単純なクエスト、てわけじゃなかったんだね」

「ん。実はテイマーの間ではわりと有名」

「え？　知ってたの？」

「ん。もちろん」

あー……。単純なクエストって言った時に歯切れが悪かったのってそれが理由か……。

さてさて。今は村があったところで、キツネたちをテイム中だ。やっぱりまだテイムそのものはされてなかったみたいで、れんちゃんが順番になでなでもふもふしてエサを上げてテイムして、そして順番に消えていく。

「これ、何も知らなかったられんちゃんがすごく強く見えそう」

『れんちゃんが撫でると、モンスターが消滅していく……』

『消滅魔法か何かかな？』

『れんちゃん最強説』

『レジェがいる時点で間違い無く最強なんだよなあ』

それはまあ、確かに。襲われないと出てこないけど。

全てのテイムがようやく終わると、もう二十時前だった。れんちゃんが落ちる時間だ。れんちゃんはちょっと残念そう。キツネさんとたくさん遊べると思ってたのにね。ある意味で遊んでたけど。

「れんちゃん、明日は雪遊びしながらキツネさんと遊ぼうね」

「うん……」

とりあえず今はこれで納得してもらおう。

「はいれんちゃん。ぎゅー」

「ぎゅー」

れんちゃんを抱きしめて、頭を撫でてあげる。大丈夫、また明日、たくさん遊べるから。

「それじゃ、おやすみれんちゃん」

「うん……。おやすみなさい、おねえちゃん」

れんちゃんがログアウトするのを見届けて。さて、と私はルルへと向き直った。

「ルル。明日は雪遊びしたいんだけど、いい場所知らない？」

「ん？　それなら、とてもちょうどいい場所が」

はて、と首を傾げる私に、ルルが理由を教えてくれた。

うん。これはきっと、れんちゃんが喜ぶね！

配信三十二回目『雪遊びするよー！』

れんちゃんの病室に入る前の、狭い部屋。私は新しく購入したスマホを操作しています。ふふふ、れんちゃんきっと驚くぞ……。

スマホのカメラが問題なく動いていることを確認して、イヤホンをする。イヤホンからは機械音声が流れてきた。いろんな人が誰でも使えるまったりボイスというやつだ。

『あれ？　れんちゃんのホームじゃない？』

『てかこれ、普通にリアルの建物では？』

『れんちゃん？　ミレイ？　おーい』

うん。ちゃんと配信されてるね。

今日買い換えたスマホは、面倒な設定をしなくても配信ができる優れ物だ。ＡＷＯ《アナザーワールドオンライン》のアカウントを設定してあるので、そのアカウントからリアルの配信ができる。ゲームの配信じゃないから黒に近いグレーだけど、一応ゲームマスターの山下《やました》さんから許可をもぎ取った。

特例ですからね、と何度も念押しされちゃったけど。

というわけで、ミレイアカウントでのリアル配信なのだ！

「どもども。こんにちは」

『お？　ミレイの声だ』

『どこだここ？　ゲームにこんな場所あったか？』

『さすがにゲームでこんな建物ないだろ』

「ですね。運営さんから特別に許可をもらって、リアル配信です」

『やっぱりか！』

『おいおい、大丈夫なのかよ』

『特定班来ちゃうぞ』

本来禁止されてる理由が主にこれなんだよね。当然だけどリアルで配信するってことは、配信者の住所とかの個人情報が特定される可能性があるってわけだ。

自己責任の範疇《はんちゅう》なんだろうけど、もし何か事件とか起きた時にゲーム会社としては面倒なリスクを背負いたくない。だから、原則禁止、なんだって。これは理由も含めて配信者への規約に書いてあった。

ただ、この点については、この配信については大丈夫、と認められた。

「特定も何も、れんちゃんの病室限定だからね。病院の人は知ってるし、外部の人はそもそも構造からして特殊な部屋だから場所がまず分からないし、病院のセキュリティも万全だから大丈夫かなと」

『ん？　てことは、そこって病院？』

『れんちゃんの病室？　マ？』

「マ、だよ。正確に言えば、れんちゃんの病室に入る前の準備室みたいなところだけど」

『病室に入る準備室とは』

「うん。ざっくりと説明しておくけど……」

確かに普通の病室にはない構造なので不思議に思うだろうから、説明はしないとね。といっても、入るためには電気を消す必要があるとか、その程度だけど。でもその説明でも、れんちゃんの病気はちゃんと説明していたからか納得してもらえた。

「というわけで、れんちゃんの病室に入ります。ちなみにれんちゃんには、そのうちリアルで配信するかも！　とちゃんと説明してあるよ」

『そのうちｗｗｗ』

『それは説明と言えるのかｗ』

『絶対に後で怒られるやつｗ』

「その時は素直に怒られましょう」

そっとドアを開けて、中に入る。いつもの、とても暗い部屋だ。

『暗いな』

『光に弱いって聞いたけど、こんなにか』

『ほとんど何も見えないんだけど』

「おっと、ごめんね」

スマホをちょちょいと操作する。えっと、このモードなら、ある程度は見えるはず……。

『お、見えてきた』

『白黒のやつだけど、ほんのり色も分かる』

『個人の配信でこの機能使うやつほとんどいないぞw』

「だろうね。私もあまり聞かないよ」

洞窟に行ってみたとか、そんなやつぐらいだと思う。

「ところでここまでれんちゃんから反応ないんだけど。もしかして、寝てる？」

『何もやることなさそうだしな……』

『正直ここまでとは思わんかった』

『ミレイちゃん、ちょっと心が痛いんだけど……』

「あー……。まあ、寄付ももらってるし、今のれんちゃんとかちゃんと見せないといけないかなって。もうちょっとだけ付き合ってね」

『なるほどな』

『気にする人は気にするだろうし、しゃあない』

『どうせ見るなられんちゃん見たいです』

「正直だね」

私としても、こんなところでぐだぐだ話すよりもれんちゃんと話したい。ということで、ベッドに近づいてみる。れんちゃんを見ると、祈願成就のキツネを抱いて眠っていた。

『かわいい』

『ほーん。ミレイは俺を萌《も》え殺す気だな？』

『地味に祈願成就がきつい……』

「それはさすがに気にしすぎでしょ」

こんなことで気にしてばかりいたら疲れるだけだよ。折り合い大事。幸い、命が危ないってことでもないしね。

れんちゃんのほっぺたをつついてみます。ぷにぷに。

「やわらかいなあ」

『やめたれｗｗｗ』

『この姉はｗ』

『お前はほんとに怒られろｗ』

あははー。それこそ今更です。

ぷにぷにつついていたら、れんちゃんがむう、と体をよじらせた。キツネさんでガードされる。むむ、このキツネ、やりおる……！

でもすぐにキツネさんを枕元に置くと、器用に私の手を摑《つか》んで引き寄せてきた。私の手を引き寄せて、ほっぺたにすりすりする。かわいい。すごく、かわいい……！

これは撮るしかないでしょう！

『ありがとうございます！』

『寝顔れんちゃんかわいい！』

『でもお前、絶対に間違い無く怒られるぞｗ』

「うん。そんな気がする」

さすがにそろそろ起こそうかな。掴まれてる手を動かして、もう一度ほっぺたぷにぷに。

「れんちゃんれんちゃん。そろそろ起きてほしいかな？」

「んう……」

れんちゃんがゆっくり目を開ける。私を見て、構えてるスマホを見て、首を傾《かし》げた。

「おねえちゃん、何やってるの……？」

「配信です」

「配信……」

もぞもぞれんちゃんが動き始める。ゆっくり体を起こして、目をこしこしこしして、大きく欠伸《あくび》をする。ふあ、と。

『かわいいが過ぎる！』

『あああああああ！』

『まずい！　モブAが壊れた！　衛生兵！　衛生兵！』

こいつらはテンションを上げすぎではなかろうか。

れんちゃんはこっちに向き直ると、ふんわり笑って頭を下げた。

「こんにちは。れんです。もふもふが、好きです」

ところで、とれんちゃんは私をじっと見つめてきた。

「何の配信？」

「いつものやつ。視聴者さんも同じです。れんちゃんの寝顔を撮りました」

私は逃げも隠れもしない女。言い訳のしようがない、というよりもあとで記録を見られたらどのみちばれるので、素直に謝る。もちろん、もうしないとは口が裂けても言いません。

私はれんちゃんを自慢したいからね！

れんちゃんは、予想と違って別に怒らなかった。そうなんだ、と頷《うなず》いて、それだけ。これには私の方が拍子抜けだ。いや、怒られたいわけじゃないんだけどね？

「怒らないの？」

「え？　なにが？」

「あ、いや……。別に……」

どうやられんちゃんの怒りポイントではなかったみたい。一安心だけど、いいのかな、これは。

そう思ってたら、れんちゃんがぽつりと呟《つぶや》いた。

「だって、いつも配信してるもん。いっしょだよ？」

「あー……」

怒ってはないけど、気分が良いわけでもないってところかな？

スマホを置いて、れんちゃんを抱き寄せて、撫《な》でる。

「ごめんね」

「んー……。もっと撫でて」

「うん」

甘えてくるれんちゃんをひたすらに甘やかした。


たっぷり十分間、なでなでしました。

『てえてえ』

『ほとんど無言だったけど、それでも良かった』

『れんちゃんは本当にお姉ちゃんが好きなんだな』

「うん。大好き」

ぎゅっと私に抱きついてくるれんちゃん。かわいい。すき。

ちなみにれんちゃんにもイヤホンを渡してる。片耳だけだけどね。もともとそのつもりだったから、コードには余裕のあるやつを選んでる。聞きたがると思ったからね。

『迷いのない即答。良かったな、ミレイ』

「嬉《うれ》しすぎて死にそうです」

『迷いのないぶっ飛んだ発言、いつも通りだな、ミレイ』

「うるさいよ」

まあそれはそれとして、この後はどうしようか。れんちゃんの病室を紹介しようと思っただけで、何かをやりたいってわけでもない。むしろ何もできないし。

「病室の紹介も、紹介するものないし……」

『まあこんな真っ暗な部屋で、光が全てアウトってなると、なんもないだろうな』

『テレビもダメなら、ゲームもほとんどアウトってことだしね。れんちゃんは普段何して過ごしてんの？』

「んー？」

れんちゃんはベッドから抜け出すと、壁際の棚に向かう。ぬいぐるみの棚と並んでもう一つある棚。そこはれんちゃんのおもちゃ箱だ。ん？　おもちゃ棚かな？　ただまあ、おもちゃ棚っていうよりも、半分以上は本なんだけどね。

さすがにコードの長さが足りないので、私もれんちゃんと一緒に向かいます。

「本を読んだりしてるよ」

『本？　絵本とか』

「えっとね。らいとのべる？」

『まじかよ』

『れんちゃんラノベ読むのか！』

『ちな、お気に入りは？』

「ちな……？　えっと、この、女の子がいろんな国を見て回るお話」

れんちゃんのお気に入りだ。何度も読んでるらしくて、ちょっとだけ他の本よりも傷んでしまってる。れんちゃんは気にしないみたいだけど。

『こんなに暗い部屋で読めるの？』

「うん。読めるよ？」

「ちなみに私はかなり厳しいです」

多分だけど、この暗さに慣れたというか、適応したというか。それがいいことなのか悪いことなのかは分からないけど、ただこの病気が治ったら少し苦労しそうだなとは思う。

『こっちから見える映像がほとんど白黒なんだけど、れんちゃんの髪って……』

ん？　今更そんな質問がくるとは思わなかった。

「れんちゃんの見た目はゲームと同じ。髪色も含めてね。真っ白だよ」

『あれってキャラメイクの時に変更したわけじゃないのか』

『元からあの色なのか……そうなのか……』

『ちょっと痛ましい……』

そういう見方もある、かな？　ただれんちゃんは髪の色についてはあまり気にしてないみたいだ。

「んー……。えっとね。他の人と違うのは、ちょっとだけ気になったよ」

「え、そうなの？」

『やっぱりそうだよなあ』

『自分だけ真っ白だもんな』

『そりゃ気になるわ』

あれ？　でも、気にしてる様子なんてなかったような……。

「おねえちゃんがね、白くてきれいな髪だねって言ってくれたの。だからわたしも、この髪の色が好き」

『ミレイさりげなくファインプレーしてる』

『お姉ちゃんが好きだから好きなのか』

『心が苦しいっす……』

うん。全然知らなかった。えっと、どうしよう、ちょっと反応に困る。

『ミレイの反応がないぞ』

『照れてると予想』

『多分顔真っ赤なミレイちゃんやーい』

「う、うるさいよ……」

『うるさいにキレがない』

ほっとけ。

もうまったくこの子はもう！　ぎゅっとしちゃえ！

「おねえちゃん？　どうしたの？」

「なんでもないです。なんでもないのでぎゅっとします」

「意味が分からないよ？」

いいんだよ、分からなくて。

三分ほど抱きしめて、れんちゃん分を補給。生き返るわあ。

「お姉ちゃんはれんちゃん分が足りなくなると行動できないのです」

「え？　そうなの？　えっと、もうちょっとぎゅっとしてもいいよ」

「れんちゃんはかわいいなあ！」

「うるさいのはや」

「あ、はい。すみません」

『れんちゃんが冷静すぎるw』

『いつものことなんやなってw』

『ゲーム内とほとんどかわらんなw』

私もれんちゃんも完全に素だからね。

「さてさてれんちゃん。そろそろ終わるけど、紹介しておきたいところとか、ある？」

「ある！　あるよ！」

「お、なにかな？」

正直、ちょっと意外だった。何かあったかなと考えていると、れんちゃんはすぐ隣の棚に移動した。

うん。察した。

「ぬいぐるみ！」

「…………。これ、長くなるやつ」

『わかる』

『さすがに俺らも覚えた』

『リアルでも変わらず始まるもふもふ自慢』

小声での呟きに視聴者さんたちも反応する。れんちゃんのもふもふ自慢は今に始まったことじゃないからね。ここでもそれは変わらないってことだ。

「えっとね。まずこのキツネさんがあのキツネさん。ちょこんって座ってるのがかわいいの。あとね、あの白い犬が……」

れんちゃんの自慢はひたすらに続く！

「正直好きなものを自慢するかわいいれんちゃんを見せるのは私としては不満だけど、特別にそのまま視聴を許してあげましょう」

『ありがとうございます！』

『ものすごく楽しそうなれんちゃんがとてもかわいい』

『好きなものの自慢って楽しいよね』

まったりスマホを構えて、れんちゃんのもふもふ自慢を眺め続けるのでした。

いやでも、さすがに一時間も話し続けるとは思わなかったよ。かわいかったけどさ。


「いやあ、ぬいぐるみ自慢するれんちゃんはかわいかったね！」

れんちゃんのホームに来て、配信をさっさと始めてそう言った。

『挨拶ぐらいしろよｗ』

『でも全面的に同意する』

『え、なに？　何があったんだよ』

病室での配信を見てなかった人もいるみたいだね。告知もせずにいきなり始めたから、当然だとは思うけど。

『もったいないな。夕方にリアル配信あったんだぞ』

『れんちゃんの病室配信だ』

『ぬいぐるみを自慢するれんちゃんはとてもかわいかった』

『なにそれ!? うわ、くそ、まだ仕事中だよその時間！』

ああ、なるほど。夕方だとお仕事もあるし、学校で部活してる人もいるよね。そう言えば、視聴者数もいつもより少なかったし……。

でもこればかりは許してほしい。だって面会時間が決まってるから。

「見逃した人は後で見てください。過去の配信って見れたよね？」

『問題ない。見れる』

『むしろ毎日過去放送見てます』

『同じく。お気に入りはれんちゃんのソロ配信』

『いたずら失敗配信かw』

ああ、最初の方のやつか。私としては、ちょっぴり苦い記憶でもある。まあ、見守るのも楽しかったけど。

『で、れんちゃんは？』

「れんちゃんなら……」

光球を引き連れて、少し歩く。歩くといっても、れんちゃんのお家《うち》の裏側だ。そこに新たなエリアができちゃったのだ。

多分、キツネたちをテイムしたことで、ホームの自動拡張のシステムが働いたんだと思う。お家の裏側には、いつの間にかそれがあった。

「ゆき！　ゆきー！　ゆきー！」

そう、雪原だ！

『うお!?　なんだこれ！』

『ホームの自動拡張。キツネをテイムすると雪山が出てくるぞ』

『マジかよ……！』

びっくりだよね。私も初めて見た時は驚いたよ。れんちゃんはもう興奮しっぱなしで、ずっと雪原を走り回ってる。れんちゃんの後ろではラッキーが走って追いかけていて、こっちも楽しそう。

雪原の奥にあるのが雪山。多分フォボス山とほぼ同じもの。さすがにあの村はないけど、キツネはたくさんだ。もっとも、それは初期設定の話だけどね。

「雪山が増えると、課金メニューも増えたよ」

『昨日のうちに調べた。いろいろと遊べるようになるみたいだな』

『なにそれ。何が買えるんだ？』

『雪山にいろいろ作れるぞ』

そう。凍った池のスケートリンクとか、木がまったくない坂道のスキー場みたいなところとか、いろいろある。もちろん全て買いました。幸い、投げ銭は今もしてもらってるから、コインには余裕がある。れんちゃんのためのコインだから、れんちゃんの遊び場をたくさん作るのだ。

「というわけで、投げ銭してくれた皆様、ありがとうございます。ぺこー」

『ぺこーを口で言うなw』

『しかも本当に口だけw』

『ぺこー（直立）』

だって、れんちゃん見ていたいもの。

「さて、では今日は雪遊び配信です」

『れんちゃん待望の雪遊び！』

『何すんの？　雪合戦か？』

『二人で……？』

「雪合戦はまた後日だね。今日はせっかくだからキツネたちも一緒に遊びたいし」

雪合戦も悪くないけど、せっかくキツネをテイムしたんだから、キツネたちとも遊びたい。ちゃんとれんちゃんにも言ってある。真っ白キツネをもふもふしながら頷いてくれた。れんちゃんも今日はもふもふの気分らしい。ちなみに真っ白キツネはリルと名付けたみたい。かわいい名前だね。

もふもふと一緒に遊ぶ、ということで、まずはこちら。

「ソリです」

『ソリ！』

『スキーの代わりかな？』

『いやでも、もふもふ関係あるか？』

『ばっかお前、もふもふでソリと言えば犬ぞりだろ！』

「いいえ、キツネぞりです」

『なんて？』

『キツネが引くの……？』

『キツネぞりｗｗｗ』

リアルではまず聞かないね。でもさすがゲームと言うべきか、れんちゃんがテイムしたキツネたちに頼んでみたら快く引き受けてくれた。いや、快くかは分からないけど。

少し歩いて、キツネたちが待機してる場所に行く。いや、歩いて三十秒ほどだけど。そこにキツネたちがたくさん集まってるのだ。

「こちらがキツネぞりになります」

『マジでキツネが引いてる……』

『キツネがソリを引くわけｗｗｗ』

『なっとるやろがい！』

とりあえず早速出発だね。れんちゃんを呼ぶと、ソリのことは聞いてたからかすぐに来てくれた。もうすでにわくわくしてる。かわいい。

ちなみにソリは一つだけ。私が乗って、れんちゃんがその前に乗る。れんちゃんの頭にはいつも通りラッキー。尻尾が顔にあたってちょっとくすぐったいです。

ついでにリルはれんちゃんに抱かれてる。お気に入りかな？

「さて、出発進行！」

「しんこー！」

キツネたちが大きく鳴いて、走り始めた。最初はゆっくり、徐々に早く。まずは雪山一周コースだ。

「おお、結構な速さ……！」

「はやーい！」

景色がどんどん流れていく。いやあ、速いねこれ！　結構怖いかも！

『予想以上のスピード』

『いや本当にわりと速いなこれ。でも楽しそう！』

『いいなこれ、やってみたい。テイムやってみるか……』

『それはそれとして、れんちゃんは怖くないの？』

「んぅ？」

きょとんと首を傾げるれんちゃん。怖くはないらしい。スピードだけで言えば、ディアに乗ってる方が速いからね。こっちはそこまで大きなソリじゃないから狭いけど、騎乗スキルはちゃんと働いてるみたいだし。

『私としては周りのキツネが気になるんだけど』

『確かに。すごい大所帯』

『何匹いるんだこれw』

「あー……」

ソリを引くキツネ以外にも、キツネはたくさん。多分、昨日テイムしたキツネが全部いると思う。何匹いるんだろう？　今回も百匹近いと思うけど。

「れんちゃん……」

「きゃー！」

「楽しそうだね」

うん。邪魔したくないから、いいや。


雪山を半周したところで、ソリは一度止まった。れんちゃんの周りに、ソリを引いていたキツネが集まってくる。

「すごかった！　がんばったね！」

一匹ずつ丁寧に、なでなでもふもふ。キツネたちも嬉しそうだ。この子たちにとってはこれが一番のご褒美なのかも。見ていてとっても和む。

「キツネをもふもふするれんちゃんはかわいいなあ」

『お、そうだな』

『雪の中でキツネたちと戯れる少女。ちょっとした一枚絵だなこれ』

『すっごく幻想的』

「うへへ……」

『この姉がいなければだけど』

『お前のせいで台無しだよ！』

だってれんちゃんかわいいもの……！

キツネたちを労《ねぎら》った後は、キツネたちが交代して続きだ。走り始める前に私は下りて、シロを召喚。残り半周、私はシロに乗るよ。

『なんで？』

『もっとれんちゃんを見たいんですが！　見たいんですが！』

「え、前かられんちゃんを見ようと思ったんだけど、いらないの？」

『すみませんでしたあ！』

『謝るので俺たちにも見せて！』

納得してもらえたみたいだから、改めて。れんちゃんに手を振って合図する。ソリを引くキツネたちも交代したみたいだね。前半引いてた子はどうするのかと言えば、やっぱりついてくるみたいだ。周囲のキツネたちに合流してる。

準備もできたところで、改めて出発だ。

キツネぞりは再び雪山をぐるりと回ります。特に景色に代わり映えはないけど。それでも、れんちゃんに飽きる様子はまったくなくて。今も楽しそうに声を……。

「みゃんみゃんにゃー！」

『なんで猫ｗ』

『そこはせめてコンコンではなかろうかｗ』

「猫の鳴き真似《まね》をするれんちゃんはかわいいなあ！」

『お前はちょっと落ち着けｗｗｗ』

おっと、ちょっと理性がぶっ飛んでたよ。危ない危ない。

特に問題も起こらず、無事に雪山を一周しました。で、そこには。

「おかえり、れんちゃん。ミレイちゃん」

「ん。おかえり」

「アリスさん！　ルルさん！」

アリスとルルの二人。もちろん急に来たわけじゃなくて、打ち合わせ通りだ。二人には先にある物を作ってもらった。聞いてみたら、ルルのテイムモンスのそらが作れるらしかったから。そういうスキルがあるらしい。

『またこの二人か！』

『羨ましいんだけど！　羨ましいんだけど……！』

「ふふん」

『ドヤ顔のルルがすっげえ腹立つｗｗｗ』

煽《あお》らないでよルル。

『いや待てお前ら。こいつらの側《そば》にあるのって……』

『雪玉？』

『いやこれは！　かまくらだ！』

そう！　かまくらだ！

キツネのモンスはみんな雪に関するスキルを持ってるみたいで、その中にかまくら作成なんてものがあるらしい。本来は何度か敵の攻撃を防いでくれる防御スキルらしいけど、こうして雪原で使えばそれはもうただのかまくらだ。

一から作れれば良かったんだけど、さすがにそれは時間が足りないからね。

「わあ……かまくらすごーい……」

れんちゃんはキツネたちをなでもふしながら目をきらきらさせてる。かまくらがよっぽどお気に召したらしい。ルルには感謝だね。

「ほらほら。れんちゃん入って」

「う、うん」

もちろん一番に入るのはれんちゃんだ。れんちゃんに続いて私も入らせてもらう。

かまくらの中には椅子が四つと机が一つ。もちろん全部雪で作られてる。私たちが椅子に座ると、アリスがインベントリから机にあるものを置いた。七輪だ。

『かまくらに、七輪……？』

『おいおい、まさかやるのか？　あれをやるのか？』

『やめろ！　やめるんだ！』

「というわけで、お餅を焼きます」

『やめろちくしょおおお！』

『メシテロ反対！』

『お腹《なか》減るやつやん！』

あっはっは。れんちゃんのために犠牲になってね。

お餅はアリスが買ってきてくれたもの。料理スキルの高い知り合いさんから譲ってもらったらしい。すごく美味《おい》しいお餅なんだとか。

アリスがお餅を七輪に載せると、すぐにぷくっと膨らみ始めた。

「いや、早くない？」

『そこは突っ込むなよミレイ』

『ゲームだからね。その待ち時間は短縮されてるんだろ』

なるほど。確かに考えると納得だね。ゲームでお餅を焼くのに時間はかけたくない。

ぷくっと膨らんだお餅を見て、れんちゃんの目はきらきらだ。

「おねえちゃん！　アニメと同じ！」

「うんうん。そうだね」

「わあ……！」

うん。すっごく喜んでくれてる。やって良かった。

アリスとルルにそっと頭を下げると、二人とも笑ってくれた。

ではでは、お餅も焼けたのでいざ実食だ。

アリスが小皿に醬油《しょうゆ》をたっぷりと入れて、お餅を載せてくれる。お箸と一緒に渡されたそれを、れんちゃんはさっそくぱくりと食べた。

うにょーんとのびるお餅。うにょーん。うにょーん。いやどこまでのびるのこれ。

『さすがゲームｗ』

『のびすぎだろこれ』

『でもお餅を食べてるれんちゃんかわいい』

『わかる』

うん。頑張って嚙《か》みちぎろうとしてるのがすごくかわいい。アリスたちも笑いそうになるのを堪《こら》えてるし。

「んんーんん……」

「あはは……。ちょっと待ってね」

お箸でお餅を引っ張ると、これはすぐにちぎれた。何かシステム的なものでもあるのかな。

もっちもっちとお餅を食べて、呑《の》み込んで。れんちゃんがにぱっと笑った。

「おいしい！」

「うんうん。よかったね、れんちゃん」

「うん！」

れんちゃんすごくかわいい。なでなでしたい。うえへへへ。

「ん。アリス、ミレイの顔がやばい」

「大丈夫だよルル。いつものことだから」

『アリスが完全に達観してるw』

『もう慣れきってるんやなって』

『あのアリスを達観させるとかさすがやなミレイ』

「うるさいよ」

四人でお餅を美味しく食べたところで、ほどよい時間になった。れんちゃんもたくさん遊んで満足したのか、ラッキーとリルを一緒に抱いてのんびりしてる。とっても幸せそう。

「アリス。ルル。今日はありがとう」

「いえいえ。いつでも呼んでね」

「ん。待ってる」

いい友達を持てたなと改めて思うよ。本当に。

配信三十四回目『れんちゃんのファトス探検』

The mofu-mofu streaming by tamer sisters.

ぽちっとな。

れんはレジェにもたれかかりながら、配信開始をぽちっとしました。光球と文字の流れる黒い板がふわりと出てきます。早速、黒い板にたくさんの文字が流れ始めました。

『はじまた』

『あれ？　れんちゃん？』

『れんちゃんこんちゃー』

「え？　あ、えと……。こんちゃー？」

『かわいい』

『付き合ってくれるれんちゃん、いい子だなあ』

『ミレイはどうしたの？』

レジェのもふもふを感じながら、れんは答えます。

「あのね。明日のことで、山下《やました》さんとお話してるよ」

『ああ、なるほど』

『そっか、そろそろ準備とかしないとな』

『ぶっつけ本番でするかと思ったw』

れんとしては、みんなを自慢するだけなのでそれでもいいと思っています。みんなでもふもふもふすればいいのです。そうしたらきっとみんな、嬉《うれ》しいはずです。間違い無い。

「さすがにそれはだめなんだって。だから、うちあわせ？　してるよ」

『おk。この配信はちゃんと許可取った？』

「うん。シロと一緒にいることと、お外には行かないことって約束して、それならいいよって」

『その条件で認めるなんて』

『成長したなあミレイ……』

『褒めてるようで馬鹿にしてるなこれw』

れんはよいしょ、と立ち上がりました。とりあえずレジェの大きな体に抱きつきます。もふもふ。やっぱりレジェのもふもふはとっても気持ちいいもふもふです。

『あ、それレジェか！』

『近すぎてわからんかったw』

『近いとよく分かるもふもふ感……。触ってみたいな……』

やはりレジェは人気者です。さすがなのです。

先日ここに来てくれたアリスさんとルルさんも、帰り際にレジェをもふもふしていました。ルルさんは自分でもテイムしたくなっちゃったそうです。アリスさんは生産しないといけないから、やらないそうですけど。

もふもふぎゅー。……よし、大丈夫です。

「それじゃあ、今日はたんけんに行きます！」

『お？　探検？』

『そこの森？　それとも雪山？』

『確かにモンスの住処《すみか》としか聞いてないけど』

「あ、ううん。今日はね、ファトスをたんけんします！」

『ふぁ!?』

『ファトス!?　一人で!?　街に行くの!?』

『百人中百人が村だろって突っ込む街に行くのか!?』

「怒られるよ？」

確かに、比較対象が少ないれんですら、ファトスは村だと思います。セカンと比べると、とてもではないですが街とは言えません。

それはともかく。今日はファトスにお出かけして、お散歩するのです。お姉ちゃんから少しだけ案内してもらいましたけど、あの時は興奮していてあまり覚えていなかったりします。

『ホームの散歩で必ずシロといろっていうのは過保護すぎだろって思ったけど、そういうことか』

『まあファトスから出ないならやっぱり過保護だけど』

『それでもまさか、ミレイが許可出すとはな』

正直なところ、れんとしても実はダメかなと思っていました。でも、お姉ちゃんは、認めてくれました。ファトスの中だけなら、と。

「五分ぐらいなやんでたよ」

『地味に長いｗ』

『ミレイの葛藤が容易に想像できるｗ』

『それでもちゃんと許可もらえたんだね。ミレイちゃんはすごく心配してそうだけど』

それは、れんでも分かります。離れる時もすごく心配そうにこっちをちらちら見ていたぐらいです。

でも、きっと。

「きっとおねえちゃん、見てるでしょ？」

『ぎくぅ！』

『お前ミレイかｗ』

『まあいるだろうなあｗ』

不満がない、と言えば嘘《うそ》になります。でも、お姉ちゃんが見てくれていると思うと、それはそれで安心です。ふんにゃりしちゃいます。ふんにゃり。

『私の妹が世界一かわいい』

『お前はコメントになっても変わらないなw』

『でも確かにかわいい』

『ふにゃふにゃれんちゃんかわえぇ』

なんだか失礼なこと言われてる気がします。

ともかく、これからファトスに行きます。とても、とっても、楽しみです。

『ファトスに何しに行くの？』

「犬さんとか猫さんとかもふもふしたい！」

『ぶれないw』

『そうだろうと思ったよw』

もちろんディアたちもかわいいのですけど、街にはモンスターではなく、動物の犬猫がいるそうなのです。れんとしては、その子たちにとても興味があります。

是非ともなでなでしたい。もふもふしたい。今からとてもわくわくです。

というわけで、出発！

メニューを開いて、ホームから出るを選択します。するとすぐに移動して、れんはファトスの入口に立っていました。

ファトスは、広さだけならセカンや、サズというまだ見たこともない街に勝るそうです。主に田畑が多いという理由で。なのでやっぱりのどかなのです。

早速歩き始めます。のんびりゆっくりまったりと。今日は急ぐ予定もないので、今日のれんはのんびりれんです。のんびりゆっくりまったりと。

「犬さんどこかな？　猫さんどこかな？　羊さんでも牛さんでもいいよ？」

『犬猫はうろうろしてるけど、羊と牛は放牧地だよ』

『案内いるか？』

「んーん。平気」

場所が分かっているなら、後でも行けばいいでしょう。今は他の子を探します。

のんびり歩いていると、田園地帯を抜けて家屋の多い区画に入りました。なんだかちょっぴり視線を感じます。あちこちから見られてるような。

どうしてかな、とちょっと考えたところで、れんは見つけました。茶色の犬。

「犬さん！」

思わず叫んでしまいました。犬がびっくりして逃げてしまいます。どうしようかな、と思いましたが、れんは追いかけることにしました。

れんのレベルは低いですが、速さにステータスのポイントを多く振っているので、犬なら見失うことなく追いかけられます。家の裏に、細い道にと走る犬を追いかけると、いつの間にか田園地帯に戻ってきてしまいました。

「あれ……？　いなくなっちゃった」

『あらま。残念』

『まあまた会えるさ』

それなら嬉しいのですが。

仕方ないので戻ろうかな、と思ったところで、

「あれ？　もしかして君、れんちゃん？」

そう声をかけられました。

『誰だ!?　不審者か!?』

『助けないと！』

『野郎ぶっ殺してやる！』

『お前ら過激すぎて逆に怖いぞ……』

なんだかコメントさんたちは大騒ぎです。れんは気にせず振り返ります。

そこにいたのは、麦わら帽子を被《かぶ》った女の人でした。こんがり小麦色の肌です。その人はれんを見ると、嬉しそうに笑いました。

「やっぱりれんちゃんだ！　こんなところにどうしたの？　お姉さんは？」

「あ、えっと……。その……」

「うん？」

「おねえちゃんが、知らない人と話しちゃだめって……」

『草』

『それは間違い無いなｗ』

『教えることはちゃんと教えてるんだなｗ』

コメントさんたちも同意見のようです。

女の人は、どうにも困ったように眉尻を下げてしまいました。

「あー、そっか。そうよね。どうしようかな……」

れんも、少し困ります。おねえちゃんとの約束を破りたくはないのです。

二人で困っていると、おねえちゃんからのコメントが流れました。

『れんちゃんれんちゃん』

「あ、おねえちゃん……？」

『シロが側《そば》にいるから、大丈夫。ただ、ファトスの外についていく、はだめだよ』

許可が下りました。同じものを見ていたお姉さんがほっと安心しています。れんも一安心です。

「お姉さんは、もふもふが好きな人？」

つまり、配信を見てくれているのでしょうか。少しだけわくわくしましたが、お姉さんは困ったように首を振りました。

「ごめんね。動物は好きだけど、配信は見てないの。ログインできる時間が短くて、こっちに全部時間使ってるからね」

そう言ってお姉さんが隣の田んぼを指差します。たくさんのお米です。なんだかきらきら輝いて見えます。

お姉さんが育ててるのかな、と思っていると、稲の間からひょこりと犬が姿を見せました。

「あ、犬さん！」

「え？　あ、この子追いかけてたのか。なるほどね」

犬がとてとてお姉さんの側へ行きます。お姉さんが犬を撫《な》でると、犬はとても気持ち良さそうに目を細めました。いいなあ、撫でたいなあ。

「ファトスの犬はみんな人懐っこいから、いつでも撫でられるよ」

「え、でも……」

れんは、逃げられてしまいました。もしかして、モンスターに好かれる代わりに、犬には嫌われてしまっているのでしょうか。

しょんぼり肩を落としていると、お姉さんは困ったような笑顔で言います。

「いや、その……。狼《おおかみ》が追いかけてきたら、逃げると思うよ……？」

はっとして、振り返ります。シロがお座りして待機しています。かわいい。いやそうじゃなくて。

『なるほど確かに！』

『言われてみれば当然だなw』

『しかもシロってミレイのテイムモンスだろ？　それなりに育てられてるのでは？』

『そりゃ逃げるわｗ』

『私のせい……!?』

シロが原因だったみたいです。こんなにかわいいのに。シロを手招きして、首元を撫でます。くるる、と気持ち良さそうな鳴き声です。

シロをもふもふしていたら、いつの間にか犬が近くまで来ていました。怖くなくなったのかな？

シロから手を離して、犬を撫でます。今度は受け入れてくれました。

「えへへ、かわいい……」

『おまかわ』

『今回は逃げなかったな。なんでだ？』

『シロを撫でてたから、れんちゃんが上位者で安心だと判断したとか？』

『そう、なのか……？』

どうなのでしょう。分かりませんし、あまり興味もありません。れんとしてはこうして撫でているだけで幸せなのです。

ふと思い出して顔を上げると、お姉さんは優しい笑顔でそこにいました。

「ふふ……。なるほどね。みんなが夢中になるのも分かるわ」

「んー……？」

「こっちの話」

お姉さんが笑います。れんも笑いました。笑顔が一番なのです。

「そうだ。れんちゃん。よければ、とれたての果物、お裾分けしてあげる」

「え？」

戸惑うれんの目の前で、お姉さんの前に大きなかごが出てきました。そのかごには、たくさんの果物が入っています。お姉さん曰《いわ》く、今日収穫したところなのだとか。

『確かこの世界でも収穫したてって美味《おい》しいんだっけ』

『そう。新鮮な味を味わえるのは農業をしてる人の特権』

『格別に美味しいってよく聞くね』

そんなになのでしょうか。今食べてもいいでしょうか。

お姉さんを見ると、小さく笑って何かを取り出しました。赤い果実。多分、りんごです。かごにもたくさん入っています。

しゃくり、とお姉さんが直接かじりました。しゃくしゃくと、いい音が聞こえてきます。

『音が！　音が！』

『やべえ、リンゴが食いたくなってきた……』

『ちょっとりんご買ってくる』

コメントさんたちも大騒ぎです。れんも、少し緊張しながら、りんごをもらいました。

しゃくり、とかじります。とてもみずみずしくて、そして優しい甘さ。とても美味しいと思います。少なくとも、病院で食べる果物よりもずっと。

「おいしい……！」

「そう？　よかった。それじゃあ、これ、持っていってね」

そう言って、お姉さんがかごを押しつけてきます。れんとしては嬉しいですが、いいのでしょうか。

「いいのいいの。私も、有名人と会えて嬉しかったしね。是非とも味わって、宣伝もしてね」

「えっと……。うん。ありがとう。でも、あの、どうしてわたしのこと、知ってるの？」

あの配信以外では、れんはあまり人に関わっていません。セカンでの買い物と、テイマーズギルドの時ぐらいです。

お姉さんは、くすりと小さく笑いました。

「少なくともファトスで知らない人はいないと思うよ」

「え？」

『なんで？』

『ファトスにはテイマーズギルドがあるだろ？　で、テイマーにはれんちゃんのファンが多いわけだ』

『同じ村で話題になってたら気になるだろ』

『そういうことか。でも村言うな。あれでも街だ』

『おっと失礼』

そういうもの、なのでしょうか。れんにはよく分かりません。

手を振るお姉さんにれんも手を振り返して、次は猫に会いに出発しました。


猫の下へは、なんと犬が案内してくれるみたいです。多分。気が付いたら、ついてこい、とでも言いたげな様子でれんの前を歩いていました。そんなわけで、れんは今、犬の後ろを歩いています。

『なんだこの不思議パーティ』

『犬に幼女に狼にキツネ。謎パーティすぎるだろ』

「え？　キツネ？」

『キツネ!?』

慌てて振り返ります。コメントさんの言う通り、キツネさんがシロの後ろを歩いていました。

真っ黒なキツネさんです。

「あ、クロ！」

『クロ？』

『黒色だからクロ？』

『いつの間に名付けを……』

『まって。そのネーミングセンスってまさか……』

『あっはっは』

黒いキツネのクロを抱き上げます。クロは特に抵抗することなく、大人しく抱かれてくれました。嬉しそうにれんのほっぺたを舐《な》めてきます。とても可愛《かわい》らしいです。れんはクロをこちょこちょ撫でました。

「この子はおねえちゃんのテイムモンスターだよ。雪山に行った時に、偶然テイムしてたんだって」

『なるほどあの時』

『報告ぐらいしろよ』

『すみませ……いやそんな義務ないよね？』

頭はラッキーがすぴすぴ眠っているので、肩に載せます。きゅ、と小さく鳴きました。とてもかわいいです。

さて。犬に案内されたのは、ファトスにある池でした。大きな池で、釣りをする人のために桟橋がたくさんあります。でも、今日は一人だけです。

『寂しいところだな。釣りって不人気？』

『いや、それなりにやる人は多いぞ。ただやっぱり街中よりも、フィールドの川や池の方が釣果はいいんだ』

『ほーん。だからこんなに人がいないのか』

『そしてそれ以前に、ファトスにいるプレイヤーはここの視聴者がとても多い』

『なるほど！』

　ということは、つまり普段はここにも人がいるということでしょうか。それならいいのかもしれませんが、れんとしてはちょっぴり寂しく感じます。

『ここに来るなら待機してたのに！』

『れんちゃんに会える機会があああ！』

『おーおー、釣り師どもの嘆きが聞こえてくるぞ』

『愉快ですなあ』

　なんだかコメントさんたちが騒がしいですが、れんは気にせず桟橋をきょろきょろします。犬が案内してくれたということは、ここに猫がいるはず。

　そしてすぐに見つけました。一人だけで釣りをしている人の側に、三匹ほど。大きな猫と、多分子猫が二匹。二匹はじゃれあってます。

「かわいい……」

　ふわふわ子猫たちが遊んでいるのは、とっても、かわいい。

『れんちゃんが引き寄せられてるｗ』

『かわいいからね、仕方ないね！』

『桟橋にくる猫は人懐っこいから好き』

気付けば、釣りをしている人の側に来てしまっていました。猫三匹もこちらを見上げています。もふもふしたいところですが、やっぱり声を掛けた方がいいでしょうか。

「あ、あの……」

れんが声を掛けると、んー？　という間延びした声でその人が振り返りました。そして、れんを見て、何故《なぜ》か固まりました。

「あの……？」

「え？　え？　れ、れんちゃん……？」

「れんです」

ぱくぱくと、お魚さんみたいに口を開け閉めしてます。どうしたのかな？

釣りをしていた人は、男の人でした。側に小さなバケツがあって、ちらりとのぞき込むとお魚が三匹ほど泳いでいます。かわいいですけど、食べちゃうのかな……？

男の人はれんを、というよりも、光球を見て口をあんぐり開けました。

「配信中……？」

「うん」

「えっと……。今何時？」

「え？　んと……。夜の七時過ぎ！」

れんが答えた瞬間、男の人が頭を抱えて叫びました。

「やらかしたあああ！」

「うひゃ」

ちょっとびっくりしちゃいました。シロとクロがれんの前に出てきます。多分大丈夫なので、シロをもふもふしましょう。もふもふ。

「ぼけっとしすぎた……！　配信見逃した……！　ああ、くそ、何やってんだよお……！」

うん。悪い人じゃなさそうです。

『釣りは暇つぶしがてらのんびりするのに丁度いいからなあ』

『のんびりし過ぎて忘れてたのかw』

『いやでも、こいつ運が良いだろう。それでれんちゃんとお話ししてるんだぞ』

『確かに。判定は？』

『ギルティ』

『ぶっ殺す』

『過激すぎだろこいつらw』

コメントさんたちがちょっと荒れています。男の人もそれを見て、ひぇ、と顔を青ざめさせました。

「怖いこと言う人はいちゃだめ。帰ってね」

『ごめんなさい！』

『もう言いません追放はやめて！』

『許して……許して……』

「もう。仕方ないなあ」

許してあげます。れんは心が広いのです。えっへん。

「猫さん、撫でてもいいですか！」

れんが聞くと、男の人は頷《うなず》きました。

では早速、とれんは大きな猫を撫でます。優しく、ゆっくり。猫は特に抵抗せずに目を細めてくれます。とてもかわいい。

けれど猫はすぐに抜け出してしまいました。ちょっぴり残念ですが、大きな猫は子猫を鼻でつつきました。子猫を撫でてということでしょうか。

子猫を撫でます。子猫はちっちゃくて、れんにとっては撫でやすい大きさです。丁寧に優しく撫でてあげて、喉のあたりをこちょこちょします。とても気持ち良さそうです。

「えへへ……かわいい……」

「おまかわ」

『おまかわ』

『おまかわ』

れんがそうやって撫でていると、もう一匹の子猫が割り込んできました。じっとこっちを見つめてきます。撫でてほしいみたいなので、遠慮無く。もふもふなでなで。

しばらくそうして猫たちを撫でていると、ぽちゃ、と水の音がしました。見ると、男の人がまた釣りを再開しています。見られていることに気付いた男の人は、笑いながら言いました。

「気にしなくていいよ。ゆっくり撫でてあげて」

「うん」

ゆっくりなでなで。れんにとって、至福の時間です。犬もいいけど、猫もかわいい。

『れんちゃんは猫派かな？』

『犬派では？　ラッキーもいるし』

『あ？　やんのかコラ』

『お？　やってやんぞコラ』

「どっちも好きだよ。喧嘩《けんか》しちゃう人は嫌いかなあ」

『すみませんでした』

『ごめんなさい』

『お前ら学習能力ないのか……？』

喧嘩はよくないのです。みんなかわいい。

不意に、男の人が何かを釣り上げました。大きい猫が反応します。お魚を回収している男の人に、猫がすり寄っていきました。

「どうするかな……」

男の人がれんを見ます。何か気にしているようですけど、何でしょうか？

『ああ、そこのプレイヤーさん。れんちゃんは別に猫が魚を食べていてもそれほど気にしないから大丈夫ですよ』

「あ、そうかい？　それじゃあ……」

男の人が魚をはずして、猫の前に置きました。ぴちぴちはねる魚を猫が押さえつけて、がぶりと食べちゃいます。すぷらったです。

『れんちゃん、本当に平気なのか』

「うん……。ちょっとかわいそうだけど、私もお肉とかお魚とか食べてるから……」

むしろ大好きなので、ここで文句を言うのはずるっ子なのです。

「じゃくにくきゅうしょくだよね。ちゃんと知ってるよ」

『うん……うん？』

『弱肉給食ｗｗｗ』

『間違ってるのに、意味合い的には間違ってない気もするｗ』

「あれ？」

なんだか違ってたみたいです。ちゃんとお医者さんの先生に聞いておきましょう。

「れんちゃん。どうせなら釣りもやってみる？　お魚をあげると、猫も喜ぶよ」

「やってみたい！」

それはとても楽しそうです。れんの返事に、男の人は笑って頷きました。

釣《つ》り竿《ざお》を借りて、振ります。ぽちゃん、と落ちました。

釣り竿が。

『知ってた』

『正直期待してた』

『れんちゃんがすっごい涙目になってるぞｗ』

「あ、あの……。ごめんなさい……」

釣り竿を落としてしまいました。どうしよう。怒られる。

ごめんなさいしましたが、男の人は何も言いません。恐る恐る顔を上げてみると、何故か笑いを堪《こら》えていました。

「いや、うん。気にしなくていいよ。うん。……期待してたし」

最後はよく聞き取れませんでした。

『確信犯かよｗ』

『だが許そう。特別にな！』

『ちゃんとフォローしてあげてね』

男の人は指を動かし始めます。多分メニュー画面を開いているのだと思います。すぐに池に落ちた釣り竿は消えて、男の人の手元に戻ってきました。すごく便利です。

「所有権を放棄しない限りは手元に戻せるから気にしなくていいよ、れんちゃん」

男の人が釣り竿を振ります。ぽちゃん、と遠くの方で音が聞こえました。その後すぐに、釣り竿がれんに渡されました。

「え？　あの……」

「いいから。がんばって」

「うん……」

というわけで、再チャレンジです。

のんびり待ちます。ゆっくり待ちます。桟橋に座ると、シロが背もたれになってくれました。ぽすんとシロにもたれかかります。ふわもふです。膝の上にはクロが座ります。ふわもふです。さらに子猫が側を陣取りました。かわいいです。

「俺、ここで釣りしててよかった……」

『処す？　処す？』

『殺す』

『こえーよw』

『怒るのはとても分かるが、れんちゃんがかわいいのでどうでもいい』

不意に、竿が引かれました。ちょっと力が強いです。れんが慌てると、男の人が手伝おうとしてくれて、けれどどうしてか止めちゃいました。

代わりに、れんの服を、シロが噛《か》みました。

「う?」

「あー……」

『察した』

シロが、おもいっきりれんを持ち上げて、ぽーんとれんは空に放り投げられました。


「…………」

じっとりとした目でれんがシロを睨《にら》んでいます。シロはしょんぼり俯《うつむ》いています。その横では、猫たちがれんの釣り上げたお魚に大はしゃぎです。

『珍しくれんちゃんが怒ってるなw』

『まあさすがにあれはなw』

『ぷりぷりれんちゃんもしょんぼりシロもかわいいなあ!』

あまり怒っていても仕方ないのは分かってます。助けてくれようとしたのも分かっています。まあ、ちょっぴり、怖かったですけど。

「もう……。許してあげる」

シロを抱きしめ、もふもふします。シロは嬉しそうにれんのほっぺたを舐めてきました。

シロをもふもふしていると、男の人が話しかけてきました。

「あー……。ちょっといいかい？」

「うん」

「れんちゃんが釣った魚、よければ調理しようか？」

それはつまり、今すぐ食べられるということ。れんはすぐに頷きました。

とても美味しいお刺身でした。猫たちも大満足だったみたいです。ちなみにれんが釣った魚は鯛《たい》だったそうです。何故池で、という突っ込みはしちゃいけないそうです。

美味しかったので、大きな葉っぱに包んでお持ち帰りです。お姉ちゃんへのお土産なのです。お姉ちゃん、喜んでくれるかな？

次に猫の案内で向かっているのは、放牧地です。にゃんにゃんかわいい案内です。かわいいので子猫を一匹抱き上げてなでなでしています。もう一匹から羨ましそうに見られているので、あとでこちらも撫でておきましょう。

え？　クロも撫でてほしいの？　仕方ないなあ。

順番にもふもふなでなでぎゅっとしていたら、いつの間にか放牧地にたどり着きました。

「ひつじ！　さん！　だー！」

ふわふわもこもこな羊を見つけて、れんは思わず叫びました。

『羊サンダー？』

『…………』

『その、すみません』

コメントを無視して、れんは羊に駆け寄ります。触ってみると、とてももこもこしていました。ちょっとだけ、感動です。

抱きつかれた羊は特に何も反応せず、嫌がるような素振りはありませんでした。それどころか、わざわざその場に座って、れんがもふもふしやすいようにしてくれました。

すぐにれんは全身でもふもふ羊を堪能します。もふもふ。もふもふ。

「もふもふ……。レジェとはまた違う、すごいもふもふ……。ふわあ……」

『れんちゃんがとろけてるｗ』

『とろとろれんちゃん、かわええ』

『羊かあ……。羊のモンスターっていたかな……』

それはれんにも分かりません。きっとお姉ちゃんが調べてくれます。

羊をたっぷりもふもふしながら、れんはのんびりとした時間を過ごすのでした。

・・・・・

ホームにれんちゃんが帰ってきた。

「おかえりー！」

「むぎゅう」

ぎゅっと抱きしめる。ああ、れんちゃんだ。うえへへへ。

『ミレイの奇行を見ると落ち着くな』

『実家のような安心感』

『お前の実家やばすぎるだろｗ』

本当にね。……いや待て、どういう意味かな？

「んー……。おねえちゃん、はなして？」

「だめ」

「えー」

れんちゃんと遊びたいからこのゲームをしてるのに、一時間以上別行動になっちゃったからね。れんちゃん分が足りないのです。だからもうしばらく、このままで。

ただ、このままだと動きにくいとは思うので、少し体勢を変えることにしよう。

その場に座って、シロを呼ぶ。シロに背もたれになってもらって、れんちゃんをぎゅっと抱きしめる。仰向《あおむ》けになったれんちゃんは何か言いたそうだったけど、仕方ないなあとでも言いたげに笑われてしまった。

我《わ》が儘《まま》なお姉ちゃんでごめん。

そうして、のんびりとした時間を過ごす。後ろはもふもふ、前はれんちゃん、最高です。

「おいで。おいで」

暇になってきたのか、れんちゃんが手招きし始めた。家の前にある、柵へ。すると柵から子犬たちが歩いてくる。子犬とはいえ、れんちゃんの言うことはちゃんと聞くみたいだ。

「子犬なのに賢いね」

『そいつら狼……、いや、気にするな』

『正直子犬も子狼も見分けつかねえし』

『何言ってんだ！　子狼はもっとこう、シュッとしてるんだよ！』

『つまりお前は見分けがつくと』

『つくわけねえだろ、アホか』

『どっちだよｗ』

まあ、実際のところ、どうなのか分からないんだよね。このゲームで子犬なんて見たことないし、リアルだと子狼を見たことがない。違いってあるのかな？

そんなことを考えてる間に、子犬たちはれんちゃんの下にたどり着いた。れんちゃんによじ登ろうとしたり、足をぺしぺし叩《たた》いたりと遊び始めてる。あ、ころんと転がった。かわいいなあ。

『そう言えばミレイ。のほほんとしてるけど、山下さん？　との話し合いは終わったの？』

「あー、うん。終わったよ。大丈夫」

明日の取り決めとか、色々としておいた。ちなみに私は一日限りのアルバイト扱いになるみたいで、ちゃんとお給料も出る。その辺りは内緒らしいから、言うつもりはないけど。この辺りは山下さんからお父さんにも説明してくれてるらしい。

「山下さんから明日のふれあい広場の詳細を聞いたけど、すごくいい感じになってると思うよ。期待していいから」

『それは楽しみ』

『自分からハードル上げるスタイル、嫌いじゃないぞ』

『ミレイも明日は楽しみにしとけよ！』

ん？　私が楽しみにするって、どういうことかな？　私も楽しめってこと、かな？　それならもちろんだけど。むしろれんちゃんがいれば私はそれで満足です。

「ね、れんちゃん」

「んー……」

「あ、そろそろおねむかな？」

たくさん遊んで疲れたのかな。うとうとしてる。それじゃ、今日はここまでにしておこう。れんちゃんを撫でながら、終わりの挨拶だ。

よし。明日はしっかり頑張るとしよう。

ついに。そう、ついにだ。この日がやってきた。公式イベントの開催日だ……！

イベントの時間は九時から二十一時までと長い時間になる。ＰｖＰ大会参加者は午前中に予選があって、午後から本選なんだとか。

丸一日かけてのイベントなので、当然ながらリアルの都合で参加できない人もいるみたいだけど、さすがにそれは運営曰《いわ》く次の機会に、ということらしい。全員の都合を合わせることなんて不可能だろうから、仕方ないと思う。

周辺ではプレイヤーもだけど、ＮＰＣもたくさん露店を出してくれるから、戦闘に興味がなくてもお祭り気分で回るのもいい、とのこと。むしろぶっちゃけそっちのお祭りの方がメインになるのでは、と山下《やました》さんは言っていた。それでいいのか運営。

で、私の仕事は九時から二十一時まで。ちょっと長いけど、山下さんの計らいで一日限りのアルバイトみたいな扱いだ。お父さんにも確認してもらいながら、色々と契約も交わした。アルバイトとか初めてだからちょっと緊張するのは秘密だ。

もっとも、休憩自由な上に大した仕事があるわけでもないけども。

れんちゃんは、担当医の先生と相談して、十二時から十四時と十八時から二十時に来てもらう予定だ。あの子の場合はふれあい広場にちょっとだけ顔を出せば、あとはお祭りに参加でもいいらしい。管理はこちらでやります、だって。正直、助かる。

簡単にまとめてしまうと。できるだけログインしていてほしいけど他は自由ってことだ。

「そんなわけでれんちゃん、十二時に広場で待ってるからね」

自室でれんちゃんとお電話中。れんちゃんはわくわくが隠しきれない声で、はーいと返事をしてくれた。

れんちゃんもすごく楽しみにしてたからね。是非とも成功させたいところ。

というわけで、そろそろ九時なのでログインです。

今回は特別仕様で、私がログインするとそのままふれあい広場に転送されるようになってる。だから目を開けた時、いつもと違うその光景に、思わずおお、と声が漏れた。

転送された場所は、とても大きな広場。広さは多分、野球の球場程度なら余裕であると思う。

その広場にいくつもの木の柵が設置されていて、その中にれんちゃんのテイムモンスがたくさん集まっていた。一つの柵に一つの種族。ディアとかボスモンスは単独だ。少しだけ狭いかもしれないけど、耐えてほしい……。あれ？　なんか、みんな結構のびのびとしてる。いや、いいことだ、うん。

「お待ちしておりました。大島《おおしま》様」

「あ、どうも山下さん」

いつの間に後ろにいたのか、山下さんが立っていた。社会人らしく、ぴしっとしたスーツを着てる。でも、ゲーム内ぐらいもっとこう、ファンタジーな服装でもいいと思うんだけどね。

「ゲーム内ぐらいファンタジーな服装でもいいと思うんですけど、着ないんですか？」

「それはここで管理をする者に任せますよ」

そう言って、山下さんが周囲に視線をやる。つられて見てみると、それぞれの柵に鎧姿《よろい》の男の人やローブの女の人がいた。ただ、その、なんというか。

「仕方ないとは分かってるんですけど、ファンタジーな服装に、ゲームマスターのたすき掛けはちょっと……」

「はっきり言ってくれても大丈夫ですよ」

「バカっぽい」

ぐふう！　となんか誰かの声が聞こえてきた。えっと、一人、膝をついてる人がいるけど、あの人大丈夫なの？

「たすき掛け考案者です」

「察した。……いるなら言ってくださいよ、さすがに濁すのに」

「つまり濁す必要があると」

「……っ！」

ああ！　さっきの人がさらに凹《へこ》んでる！　というか周囲の人も励ますとかさ、しないのかな!?

漏れなくお腹《なか》抱えて笑ってるけど！

うん。いや、うん。でも。

「楽しそうな職場ですね」

私がそう言うと、山下さんは何も言わなかったけど小さく微笑《ほほえ》んだ。

九時少し前。周囲を、ふれあい広場をざっと見回す。それぞれの柵にゲームマスターさんが待機してくれてる。あまり長時間居座る人には注意するらしい。

とりあえず私はいつも通りのことを、ね。

というわけで、配信開始をぽちっとな。

「どうも皆様こんにちは。テイマー姉妹のもふもふ配信へ、ようこそ」

『きもい』

『あまりにも気味が悪い』

『ミレイどうした、頭大丈夫か？』

「あはは。喧嘩《けんか》売るなら買うぞこの野郎」

たまには真面目に始めてみようと思ったらこれだよ。少し失礼すぎると思います。

「今日は公式イベントの日なので、この配信も特別バージョンです。いや、まあ、長時間配信しますよってだけだけどね」

『ふれあい広場の日だな！』

『もふもふとのふれあいのイベント！　運営ありがとう！』

「いやいや、メインはＰｖＰ大会の方だからね？」

あくまでふれあい広場は露店の一つ、という形式だ。形式というか、建前だ。それだけは忘れちゃだめなのです。もふもふに興味がない人もいるだろうし。

まあ私としては、もふもふに興味がないとか、人生の十割損してると思うけど。

『れんちゃんは？』

「れんちゃんはまだログインしてないよ。ああ、そうだ。ふれあい広場にご来場する皆様に注意です。……ああ、うん。どうせならみんなに連絡ね」

私がそう言うと、ふれあい広場の前の映像が目の前に出てきた。うわあ、なんだかすごい行列ができてる。今からこの人たち全員にも放送するわけだけど……。やだなあ……。

いや、でも、必要だからね。山下さんがやるっていう話を、私が自分でやるって言ったことだ。れんちゃんに関わることを、他の人に譲るつもりなんてない。

「あーあー。てすてす。聞こえてますか」

私がそう言うと、画面に映る人たちが全員こちらを向いた。怖いって。

「もうすぐふれあい広場を開場しますが、少しだけ注意事項です。当然ですが、ここにいるモンスたちに攻撃やテイムをしかけることは禁止です。運営のゲームマスターさんたちがそれぞれ見張ってるからすぐにばれるよ」

何人かが目を逸《そ》らした。やるつもりだったのかな？

「あと、私としてはゆっくりもふもふしてほしいですが。してほしいですが！　時間も限られているので、一人十五分までです。もふもふは計画的に」

とりあえず、反応はなし。まあ事前に注意事項として記載されてたから、この辺は分かってるか。

「最後に、れんちゃんはずっとこの会場にいるわけじゃありませんのでそのつもりで。もしかすると露店巡りの方がれんちゃんと会えるかもね」

ざわりと。空気が揺れた。れんちゃんが目当ての人もいるらしい。れんちゃんかわいいからね！

「連絡事項はこんなもの、かな。最後に、皆さんがもふもふで癒やされますように」

というわけで、開場です！


一応ここに入る人数って決められてるんだけど、それにしてもすごい人数だ。みんなそれぞれ、気になった子のところに行ってるみたいだね。

一番人気はレジェ、二番人気はラッキーを含め子犬組。特に子犬組は女性に大人気だ。黄色い声がここまで届く。私としても鼻高々です。

シロとクロは私の護衛なので側《そば》にいるわけだけど……。

「わあ、この子がシロちゃんなんだ！　ふわふわだあ……！」

「クロくんもちっちゃいけど格好いいね！」

この子たちも大人気だよ……。

「ミレイさん、シロちゃんはどうやってテイムしたんですか!?」

「え、あ、えっと……。たまたま見かけて、エサをあげたら、仲良くなりました……」

「へえ！　すごい！　運命だ！」

どんな運命だよ。シロのことは大好きだけど、狼《おおかみ》が運命の相手とか嫌すぎるよ。私の運命の相手はれんちゃん以外にあり得ないから。間違い無い。

たくさんの人が入れ替わり立ち替わり、もふもふしていく。特にレジェを触った人は感動したみたいにみんな震えてた。次からのもふもふが物足りなくなるよ……？

みんなのもふもふを見守って、シロもそれに巻き込まれて。私はクロを肩に載せて、嵐が過ぎ去るのを静かに待つ。みんな、すごい。元気。

「だめ、疲れた。避難します……」

『おう。お疲れ』

『見てたけど大変そうやなw』

『休め休め。これはしんどいわ』

シロを呼び戻して、そそくさと移動。ぽちっと移動する先は、れんちゃんのホーム。いつもと違う静かなホームで、私は一息ついた。

予想以上でびっくりだ。あれは、むり。疲れる。

そうしてしばらく休憩していると、いつの間にか十二時になってたみたいだった。

「おねえちゃん」

「あ。れんちゃん」

れんちゃんが抱きついてきた。普段はいるラッキーがいないのが寂しいのか、すぐにクロを構い出す。クロをころんと仰向《あおむ》けにして、お腹をわしゃわしゃ。クロは抵抗するどころか、気持ち良さそうだ。……うん、君は私のテイムモンスなんだけど。いいけどさ。

「れんちゃん、とりあえずはふれあい広場で軽く挨拶だけど、その後はどうしたい？」

「んー……。みんな楽しそう？」

「楽しそうだったよ」

本当に。テイマーさんはもちろんのこと、普段はテイムをしていない人たちも、あまり触れられないモンスに触れて楽しそうだった。多分、明日からはテイマーさんが増えるんじゃないかな。そうなったら、ちょっとだけ嬉《うれ》しい。

「そうなんだ。じゃあね、ちょっとだけわがまま、いい？」

「いいよ。何かな？」

「お祭り、見てみたい」

ああ、そっか。れんちゃんにとっては初めてのお祭りだ。それは是非とも見に行かないといけない。山下さん曰く、プレイヤーのお店にはわたあめやたこ焼きを出してる店もあるらしいし、リアルのお祭りと大差なく楽しめるはず。

「うん。いこっか。お祭り！」

「やった！」

れんちゃんが嬉しそうに笑ってくれるだけで十分です。とりあえず、ぎゅー。

そしてこっそり配信再開をぽちっとな！

『お、再開か！』

『れんちゃんきた……何やってんの？』

「れんちゃんがかわいいのでぎゅっとしてます」

『お、おう』

『いつも通りですね。……あれ？　いつも通りってやばくない……？』

『落ち着け。それは気付いてはいけない闇だ』

どういう意味だ。

おっと、れんちゃんが配信に気付いて逃げだそうとしてる。でもだめなのだ。もう少しぎゅっとさせてください。

「おねえちゃん、はなして」

「やだ」

「…………。むう」

『おや？　珍しく怒らない』

『いつもなら気持ち悪いとか言いそうなのに』

「ん……。だって、疲れてるみたいだから……」

『れんちゃん優しい！』

『れんちゃんの優しさに全俺が泣いた』

『本当にいい妹だよな』

「れんちゃんが優しいのは最初からでしょ、何言ってんの君ら。バカなの？」

『辛辣ぅ！』

『こっちは優しくないw』

『いつものことである』

うん。れんちゃん分を補充して元気出た。よしよし、では行きますか。まあその前に、ふれあい広場に寄らないといけないわけだけど。

というわけで、れんちゃんと一緒にふれあい広場へ。来場者さんの顔ぶれは変わっても、みんな楽しそうでにこにこだ。

まだれんちゃんには気付いてないみたいだ。れんちゃんはきょろきょろしてる。多分、ラッキーを捜してる。連れて行きたいんだろうね。

本来なら、こうしてふれあい広場に出てる以上、連れて行くのは良くないことだと思うけど、ラッキーに負けず劣らずのもふもふ子犬はちゃんといる。大丈夫でしょう。

もしかしたら、山下さんはこれを見越してあの子犬をれんちゃんに贈ったのかもしれないね。

お、れんちゃんがラッキーを見つけた。でもたくさんの人に囲まれてる。さすがに割って入るのは難しい……。

まって。れんちゃん何するつもり。いやさすがにここでそれは、いやほんとにやるのまって耳塞ぐから！

「がおー！」

がおー入りました！　鼓膜が！　鼓膜が破れる！　ゲームだから鼓膜ないけど！

吠《ほ》えたのは全てのテイムモンス。だからみんな突然の大音量に驚いて耳を塞いでる。れんちゃんはそのすきにささっと女性プレイヤーの集団にもぐって、ラッキーを連れてきた。

れんちゃん、いつの間にそんなにしたたかになっちゃったの……？　れんちゃんの成長が嬉しいような、寂しいような、私としては複雑な心境です。

『れんちゃんかしこい』

『かしこいけど、せめてこっちには警告欲しかったかな』

『鼓膜ないなった』

『がおーたすかる』

『がおーたすかるというパワーワードよ……』

「えへへ。ごめんね」

れんちゃんはいたずらっぽく笑う。そんな笑顔も素敵です。

その、無音だからこそよく響いたれんちゃんの声に、みんなが振り返った。

「あ、れんちゃん！」

「れんちゃんだ！」

「れんちゃんかわいい！」

さすがれんちゃん、人気者だ。事前に運営さんから注意されてたからか、こっちに来られることもなく、みんなが明るく手を振ってくれる。

周囲で目を光らせてるゲームマスターさんの存在も大きいかもしれない。さすがにこの世界のルールの目の前で変なことをする人はいないか。……いないよね。早めに行こうかな。

「たくさん遊んであげてね！」

れんちゃんはそう言って手を振って、私たちは素早くその場を後にした。

ふれあい広場を出たところで、アリスが待ち構えていました。

「ふふふ。待ってたよミレイちゃん！　れんちゃん！」

「通報」

「やめて!?　まだ何もしてないよ!?」

『まだとは』

『これは黒だな。真っ黒だ』

『ギルティ』

「違うから！　本当に違うから！」

分かってるよ冗談だよ、だからそんな泣きそうな顔しないでよ。

れんちゃんからもすごく冷たい目で見られちゃってるよ……。

「あ、でも、これはこれで……」

『おい、ミレイが変な扉開きかけてるぞ』

『落ち着けミレイ！　その先は地獄だ！　割とガチでヤバイ地獄だ！』

『はい、扉閉じなさい。今すぐに』

「はい。うん。落ち着いた」

危ない。わりと冗談にならない扉だった気がする。よし落ち着け私。こういう時はれんちゃんをぎゅっとして深呼吸だ。

はあ、落ち着く……。

「おねえちゃん、ちょっとだけうざい」

「あ、はい……」

ぐさっときた。割と深く刺さった。言葉は選ぼう、れんちゃん。選んでそれ？　あはは、そっかー。……そっか……。

「で、アリス。用件は？」

「うわあ、テンションが急降下してる……。まあそんなミレイちゃんもテンション上がること間違い無し！」

「はいはい」

「お祭りと言えば、浴衣、だよね？　ということで、浴衣を作ってきた！」

「アリス最高！　さすがだねアリス分かってる！」

「いえーい！」

「いえーい！」

アリスとハイタッチ！　いや本当、まさか用意してくれるとは思わなかった。そりゃテンションも上がりますよ。

『なお、れんちゃんの目は加速度的に冷たくなってます』

『気付いて。れんちゃんがすごく白けてるから』

「なんと」

振り返ると、れんちゃんがこっちを軽く睨《にら》んでた。ちょっと怒ってるかも。でも、少しだけ見つめ合うと、仕方ないなあとばかりに苦笑いされてしまった。ごめんね、変なテンションになっちゃって。

とりあえず話を進めましょう。アリスと視線を交わし、頷《うなず》き合う。素早くいこう。

というわけで、恒例のトレード画面。アリスから服をもらう。

「さすがに時間が足りなくて、れんちゃんの浴衣しか用意できなかったよ」

「そっか。いや、うん。仕方ないよ。文句なんて……」

「という言い訳はしない！　ちゃんとミレイちゃんの浴衣もあるよ！」

「マジですかマジだ最高だよアリス！」

「でしょでしょ！　もっと褒めてもいいよ！」

「アリスすごい！　かしこい！　よしぎゅっとしちゃう！」

「よしどんとこい……、ありゃ？」

謎の勢いのままに任せてアリスを抱きしめようとしたら、れんちゃんがすすっと間に割り込んできた。アリスと二人で首を傾《かし》げる。れんちゃんは、ぎゅっと私にしがみついてきた。

「おねえちゃんは、わたしの」

「あ、うん……。ごめんね？」

『おや？　これはもしかして、嫉妬？』

『そこは譲れないんだなれんちゃんｗ』

『まあ意味わからんテンションになってた二人が悪いな』

「いや、うん。さすがに変なテンションだった」

これもお祭りが悪い。

「いやだってさ。お祭りって、無駄にテンション上がらない？　こう、説明のできないハイテンション」

『わかる』

『わからん』

『人によるとしか』

そっか。まあ、うん。本当に落ち着こう。

とりあえずもらった浴衣をれんちゃんに渡す。れんちゃんは首を傾げながら、早速着替えてくれた。当然だけど着替えといっても装備を変更するだけなので一瞬です。

れんちゃんの浴衣は、全体的に薄い青色で、水玉の模様が描かれてる。さらにちょっとした装飾品として、金魚を入れる水の袋も。確か金魚袋、だったかな？

私は対照的に、薄紅色の浴衣。模様は金魚、かな？　うん。いいと思う。

「うん……。うん」

アリスと二人で、視聴者さんにお願いされてくるっと回るれんちゃんを見る。アリスと視線を交わす。頷き合う。がしっと握手した。

『こいつらｗｗｗ』

『いや、でも今回は分かる。浴衣れんちゃんかわいい』

『浴衣ミレイもかわいい……はずなのに、色々と台無しなんだよな……』

「うるさいよ」

いいんだよ私のことなんて。もっとれんちゃんを見て。ほらほら。

「れんちゃんかわいいでしょ？」

ぎゅっと後ろから抱きしめる。うーん、かわいい！

『それは否定しない』

『むしろ全力で認める』

『れんちゃんかわいいやったー！』

「やったー！」

よし。満足。

「じゃ、お祭りいこっか」

『急に冷静になるなｗ』

「早く行かないと時間なくなるからね」

というわけで、出発です。いやまあ、この周辺が全て会場だから、移動する必要なんてないんだけど。

というわけでれんちゃんと一緒に順番に回ろうと思ったら、何故《なぜ》かアリスから待ったがかかった。

「ミレイちゃん。れんちゃん。こっち」

アリスが手招きして歩き始める。私はれんちゃんと顔を見合わせて、それでもついて行くことにした。

今回のイベントのメインになってる闘技場はサズにある。つまりここはサズだったりするんだけど、れんちゃんは来たことがないので気付いてない。イベントのために闘技場周辺がものすごく飾り付けされててサズの面影がなくなってるから、多分今後も気付かないかな。

イベント用として闘技場と周辺の区画が利用されてるんだけど、その区画の隅にそれはあった。

「わあ……！」

れんちゃんの感嘆のため息。私はまあ、うん。言葉が出なかった。

そこにあったのは、日本のお祭りや縁日で見られる露店だ。たくさんの屋台が並んでる。わたあめとかたこ焼きもあるし、射的に金魚すくいもある。長さはそれほど、というより左右に十軒ずつの二十軒しかない。けれどそこは、昔から続く日本のお祭りの光景そのものだ。

当たり前だけど、このゲームの世界観にそぐわない。だから、ＮＰＣのお店ではないと思う。

「アリス、これって……」

隣のアリスに聞いてみると、彼女はにんまりといたずらっぽく笑った。私にだけ聞こえるように教えてくれる。

「れんちゃん、お祭りに行ったことなんてないでしょ？　それが掲示板でちょっと話題になったの」

「そう、なんだ」

「うん。で、みんなで話し合って、日本のお祭りを再現できないかなって。運営にも相談してみたら、この区画だけ自由に使わせてもらえることになったんだよ」

ああ、そっか。つまり、日本のお祭りを楽しんでもらおうと、れんちゃんのために用意してくれたのか。

見れば分かる。この小さなお祭りにはたくさんの人が関わってる。お店に立っている人だけじゃない。屋台を作った人もいただろうし、このゲームにはない景品を工夫して用意してくれた人もいると思う。

はは……。みんな、みんなみんな、優しすぎるでしょ。

「おねえちゃん？」

れんちゃんに呼ばれてそちらを見ると、心配そうに私を見ていた。じっと、私の顔を見つめてくる。今はちょっと、見られたくないんだけど。

「どこか痛いの？」

「んー……。大丈夫。大丈夫だよ」

うん。よし。涙はひっこめる。せっかく用意してくれたのに、私のせいで満足に遊べなかったら申し訳ないから。泣くだけなら、後でもできる。

「よし！　遊ぶよれんちゃん！」

「うん！」

というわけで！　お祭りだー！

『大丈夫そうだな』

『焦った。ミレイも泣くんだな』

『実は涙もろいところあるよな、ミレイ』

『立ち直れたようで良かったな』

『準備班の俺たちはのんびり見守るとするか』

『おう』

『からかいながらなw』

『おうw』

れんちゃんのために用意してくれたこのお祭りだけど、もちろん一般客もたくさんいる。アリス曰く、れんちゃんが気にしないように、れんちゃんのために用意した、というのは隠すつもりらしい。コメントが静かだったのもそのためだとか。

それに、お祭りには人がいないとね、という意見もあったとか。その通りだと思う。閑古鳥が鳴いてるお祭りは、むしろホラーだ。

というわけで、れんちゃんが迷子にならないように、シロを呼びました。れんちゃんはシロに乗って移動です。

「シロ！　シロ！　楽しいね！」

まだ何もしてないのにれんちゃんのテンションはとても高い。シロをもふもふしながらにっこにっこしてる。そんなれんちゃんに影響されてるのか、シロの足取りも軽い。あれだね、飼い主の影響を受けて……。

いや待て。君、私のテイムモンスだよね……？

いや、うん。れんちゃんかわいいからね！　仕方ないね！　わかるとも！

『ミレイの表情がおもしろいｗ』

『笑顔から困惑になって、ちょっと怒ったかと思ったら急にまた笑顔』

『大丈夫？　頭ぶっ飛んだ？』

「私の心はれんちゃんに囚《とら》われてるからね……」

『きもい』

『うざい』

『くせえ』

「ひどい」

自分でも確かに気持ち悪いセリフだなと思ったけど、そこまで言わなくても。

「おねえちゃん！　あれやりたい！」

「ん？」

れんちゃんが最初に興味を示したのは金魚すくいだ。定番だね。……いや待って、金魚なんていたかな。

『運営が仕方ないなとばかりに用意してくれました』

『俺たちもびっくりなえこひいきでした』

『金魚どうするかなって話し合ってたら掲示板にゲームマスター降臨したからな』

『冗談抜きでびびった』

「うわあ……。あとでお礼、言っておかないと……」

この区画を用意してくれただけじゃなかったらしい。びっくりだよ本当に。

金魚すくいの屋台に向かう。店番さんのお兄さんに声をかけると、一瞬驚いた後、満面に笑みをたたえた。

「いらっしゃい！　やってくかい？」

「おお……。雰囲気出てる」

「そこは黙っておこうか」

おっと、すみません。

「ささ、れんちゃん、やってくかい？」

「え？　わたしのこと、知ってるの？」

「あ」

『お前もボロを出すのかよw』

『舌の根が乾かぬうちに、なんてレベルじゃねえぞw』

『お前俺らの代表だぞしっかりやりやりやがれボケェ！』

わあ。視聴者さんたちがこわい。店番さんも冷や汗流してるよ。

「い、いやあ、配信見てるからね！　いつも楽しませてもらってるよ！」

「そうなんだ！　ありがとう！」

嬉しそうに笑うれんちゃん。店番さんの笑顔は見事に引きつってる。なんとなく、わかるよ。

「罪悪感で死にそう……」

『わかる』

『耐えてくれ』

『れんちゃんのためだ』

「おう……」

是非ともがんばってください。応援しかできないけどね！

「一回、いいですか！」

「ああ、うん。もちろん」

店番さんに提示された金額を私が支払う。ちなみに無料にしようかという案もあったらしいけど、さすがにれんちゃんに勘づかれるかもしれないのと、一般客さんへの説明が面倒くさい理由もあって、支払うことになってる。私は当たり前だと思ってるよ。

「はい、がんばって」

「うん！」

お椀《わん》とポイをもらったれんちゃんが、構えた。

「あ、待って。やり方だけど……」

止める間もなく、れんちゃんが勢いよくポイを水にぶち込んだ。知らなかったら、そうなるよね、当たり前だよね……！

破れたポイを見てしょぼんと落ち込むれんちゃん。どうしようこれ。何とかしてよ店番さん。

気付けば一般客ですら気の毒そうな表情と、何とかしろよと店番さんに視線を送ってた。店番さんがかわいそうだけど、がんばって！

「仕方ないなあ。れんちゃんには特別仕様だ！」

そう言って店番さんが新しいポイをれんちゃんに渡す。ぱっと顔を輝かすれんちゃんはとってもかわいい。

でも、言わせてほしいんだ。

「鉄じゃん」

これはひどい不正を見た、そんな気分。一般客さんたちすら苦笑いだ。でも、特に何か言うつもりはないみたいで、優しい人たちだと思う。

れんちゃんは楽しそうに金魚をすくって、三匹だけもらっていくことになった。アリスが用意してくれた金魚袋はこのためにあったみたいだね。

金魚を入れた金魚袋を、れんちゃんは楽しそうに眺めてる。シロの背中に揺られながら、にっこにっこゆらゆら。

「金魚さん、かわいい……」

「おまかわ」

『おまかわ』

『おまかわ』

視聴者さんと心が一つになった気がしました。

『金魚で満足してくれるのは嬉しいけど、他も！　他も是非！』

『食べ物もあるよ！　美味《おい》しいよ！』

『なにせゲームだからね！　いくら食べても太らない！』

ゲームのいいところだよね。ただ、リアルと違って空腹感もなければ満腹感もないから、少し物寂しかったりもする。味だけを楽しむなら問題ないけど、やっぱりそこはリアルには及ばない部分だ。

「れんちゃん。何か食べる？」

仕方ないから促してあげよう。

「んー……。あ、わたあめ食べてみたい。あるかな？」

『わたあめなら通り過ぎてるぞ。入口すぐだ』

「おっと、ありがと」

れんちゃんと一緒に引き返す。入口まで戻ると、あったあった、わたあめだ。

アニメの袋に入ってるものじゃなくて、目の前で棒をくるくる回してその場で作るやつ。この機械もわざわざ運営に作ってもらったのかな、とか思ったけど、これに関しては最初からあるものらしい。

もふもふが大好きな開発がわたあめを作りたかったんじゃないか、とのこと。さすがにそんなことはないだろう、とか思いたいけど、あり得そうだからちょっと困る。

「いらっしゃい」

そう言って出迎えてくれたのは、妙齢の女性、なんだけど……。

シロクマの着ぐるみだった。

「わあ！　おねえさんかわいい！」

「あらそう？　ふふ、ありがとう」

れんちゃんには大好評みたいだけど、ええ……。その、いい年した大人がそれは……。

うわ、なんか見られた。え、なに、心でも読めるのこの人!?

『シロクマの着ぐるみか』

『かわい……、ごめん無理』

『きっつ』

「あらあらうふふ」

あらあらうふふとか本当に言う人いたんだ。そっちの方がびっくりだよ。でもコメントを眺める
視線がとても怖い。これが、目が笑っていない笑顔。怖すぎる。

『あわわわわ』

『すみませんごめんなさい申し訳ありません』

『ひぃぃぃぃ』

コメントも阿鼻《あび》叫喚《きょうかん》だ。自業自得ではあるけど。

「そろそろ買ってくれないかしら？」

「あ、はい。すみません」

店番のお姉さんに怒られてしまった。それじゃ、改めて買うとしよう。

お姉さんからちょっと長めの木の棒をもらうれんちゃん。お姉さんが機械の真ん中に、え、なにあれ!? 液体!? いや、うん。いっか。それを入れると、その周辺に白い線がたくさん出てくる。

「ほら、れんちゃん。その棒でくるくるっと」

「う、うん」

私がれんちゃんを抱き上げて、れんちゃんがおっかなびっくり棒をくるくる回す。すると、もこもこもことわたあめがまとわりついてくる。

「わあ!」

れんちゃんの満面の笑み。とても、とっても楽しそう。

そうして楽しそうにくるくるしていたれんちゃんだけど、悲劇はそこで起こってしまった。

「あ」

「え?」

「ああ!?」

れんちゃんの頭の上のラッキーが、ずる、と落ちて。ものの見事に、わたあめの機械に落ちてしまった。

『ラッキー!?』

『ちょwww』

『ラッキーが! ラッキーが白く! 元々白いけど!』

「あ、あ、おね、おねえちゃん！　どうしようどうしようどうしよう！」

「あはは一。よいしょ、と」

きょとん、としてるラッキーを摑《つか》んで持ち上げる。見事にわたあめに包まれたラッキーがそこにいた。これは、うん。ゲームだから笑い事で済むけど、リアルだと冗談抜きで大惨事だったね。

ラッキーを地面に下ろすと、ぺろぺろ自分で舐《な》めていた。美味しかったのか、自分で舐め続けてる。これはこれでかわいいかも……。

「ごめんねラッキー」

「わふ？」

ぎゅっと抱きしめて謝るれんちゃんがとてもかわいいです。やっぱり私の妹は天使だよね。んふふふ……！

「ミレイさん、顔がすごいことになってるわよ」

「おっと失礼」

『マジで変質者のそれだった』

『正直通報ものだったぞ』

『少しは自重しろ？』

「そこまで!?　き、気をつける……」

さすがに変質者で通報はされたくない。いや、運営さんならきっと分かってくれるはず……、だめかな……。

気を取り直して、れんちゃんもわたあめを食べる。今更だけど、わたあめ作りすぎじゃない？

ものすごく大きいんだけど。

でもれんちゃんは気にした様子もなく、ぱくりと食べた。

「ふわふわ……！　おねえちゃん、すごくあまい！」

「うんうん。そうだろうね」

子供の頃ってわたあめは不思議の塊だったよね。棒をくるくる回すだけでふわふわの甘いお菓子ができあがっていって……。夢が溢《あふ》れるお菓子だったよ。

「理科の授業で仕組みを知って冷めたけど」

『おいばかやめろ』

『あの頃は夢いっぱいだったよね……』

『やめろお！』

うん。やめよう。へこむから。

さらにおみやげに追加のわたあめをもらった。ちゃんとインベントリにも入れられるみたいで、しかも百個までまとめられる。まあ、今回は十個だけだけど。れんちゃんのおやつにはちょうどいいかな。

わたあめ機、できれば私も欲しいところ。アリスとかに聞いてみよう。

その後もたくさんの露店を巡って、れんちゃんが一度ログアウトする時間になったので解散した。

いつか、リアルのお祭りもれんちゃんと行きたいものだ。


ふれあい広場でだらだらしつつ、十八時を待ちます。シロにもたれかかって、みんなの様子を見守る。体が大きくて順番待ちが少ないからか、レジェが一番人気だ。すぐに触れるしふわふわだしと、何度も並んでる人がいる。

ご飯を食べたり訪問者とちょろっと会話したり、としていると、いつの間にか十八時になってた。

「おねえちゃん、起きてる？」

「起きてるよー」

いつの間にこちらに来てたのか、頭にラッキーを載せたれんちゃんが目の前にいた。浴衣のままだ。うーん、かわいい。なでなでしたい。

「ちょっと暗くてびっくりしちゃった。夜だから？　でも、いつも明るいよね？」

「え？　ああ、そっか……」

そう言えば、れんちゃんがログインする時間はほとんどが十八時からだ。たまにお昼にログインする時も十二時を過ぎてるから、夜を体験したことがなかったはず。

「このゲームはね、三時間ごとに昼夜が変わるんだよ。十八時から二十一時はお昼だから、この世界の夜は初めてだね」

「そうなの？　でも、今は暗いよ？」

「うん。イベントだから、今日だけの特別仕様のはず」

今はリアルに合わせて夜になってる。でもまだまだお祭り真っ最中。空は暗いけど、街はどこもかしこも明るいままだ。だからもっともっと遊べるよ。

どうせなら、夜にあのお祭りに行けばよかったかな、と今頃思った。やっぱり夜の方がそれっぽいし。でもまあ、いっか。それはれんちゃんの病気が治った時のお楽しみ、ということで。

というわけで、れんちゃんを抱き寄せる。ぷにぷにだなあ。

「このまま寝たいです」

「何言ってるのおねえちゃん」

うん。そんな冷たい目で見ないでください。

そんな感じでれんちゃんにべたべたしてたら、すごく呆《あき》れた様子のアリスがやってきた。

「やっほ。来たよ。来たけど……何やってるの？」

「れんちゃんに甘えてます」

「おねえちゃんに甘えられてるの」

「なんて？」

普通逆では、とか聞こえるけど、たまにはこれもいいんだよ。れんちゃんのぷにぷにを独り占めです。羨ましいでしょ？

「ねえ、ミレイちゃん。結構見られてるよ……？　大丈夫？」

「んー？」

周囲を見る。なるほど確かに、来場者さんが私たちを見てる。ちっちゃく、てえてえ、とか聞こえるけど、気のせい気のせい。

でも仕方ない。挨拶はしないとね。

というわけで、配信をぽちっと。光球が出てきたのを確認して、私は立ち上がった。

「れんちゃんは私の妹だ！　れんちゃんが欲しいやつはかかってこい！」

『おかえ……お前はいきなり何を言ってんの!?』

『再開一言目は頭がぶっとんだ発言でした』

『さすがやでミレイ。もちろん褒めてないからな？』

「うるさいよ！」

外野は黙っててもらおうか！　宣言は、途中なのだ！

「さあこい！　相手になるよ！　レジェが！」

先生出番です、みたいな勢いでレジェを見る。心なしかレジェの視線が呆れているように見えるけど、いや気のせいだ。そうに違いない。

「れんちゃん先生！　一発お願いします！」

「もう……。仕方ないなあ！」

もうとか言いながら乗り気です。れんちゃんとっても楽しそう。

『くるぞ！　全員耳を塞げ！』

『スタン対策は万全か!?』

『耳栓！　耳栓はどこだ！』

「がおー！」

慌てふためく視聴者さんや来場者さんなんて知ったことかと、れんちゃんは叫んだ。

吠えるテイムモンスたち！　いやあ、大迫力だね！　正直ちょっとくせになってきたよ！　れんちゃんも満足げだ。

「むふー」

『鼓膜ないなった』

『でもかわいい』

『どや顔れんちゃんかわええw』

うんうん。私の妹はやっぱり世界一かわいいね！　異論は認めるけど聞く耳は持たないよ！

ちなみにとばっちりでゲームマスターさんも瀕死《ひんし》です。素直にごめんなさい。

「たのしかった！」

「ならばよし！」

『よくねえw』

『本当にこの姉妹はｗｗｗ』

れんちゃんが楽しければよかろうなのだー！

気を取り直して。れんちゃんはふれあい広場にいるみんなに会いに行くらしいのでついていきます。れんちゃんが言うには、ゲームマスターさんが見守ってくれてるとはいえ、やっぱりみんなが心配らしい。天使かな？　天使だった。

最初に向かったのは、草原ウルフの区画。無駄に広い。百匹いるからね……。

「あ！　れんちゃん！」

「生れんちゃんだ！」

「え、あ、こ、こんばんは……」

ウルフたちを撫《な》でていた来場者さんに声をかけられて、れんちゃんは挨拶を返して、けれどちょっと怖かったのか、私の後ろに隠れてしまった。ひょこりと、顔だけ出してる。

「リアルれんちゃんかわいい」

「怖くないよ？　出ておいで？」

「いや十分怖いから」

何を言ってるんだろうねこの人たち。不審者にしか見えなくなってるよ。

『どこからどう見ても怪しい集団だしな』

『むさい男どもが集団でウルフを撫で回す光景』

『絵面がひどすぎるｗ』

本当に。運営さんはどうにかするべきだったと思う。いや、どうにもならないのは分かってるけどさ。

ちょっと怖がってたれんちゃんは、私の後ろからちょこっと顔を出して男たちに聞いた。

「あのね、もふもふ、好き？」

「もちろん」

「大好きです」

即答する男たち。まあ、嫌いならわざわざここに来ないよね。

それを聞いたれんちゃんは、ぱっと顔を輝かせた。そう言えばれんちゃんは、もふもふが好きな人に悪い人はいないって考えだったね。

れんちゃんは駆け出すと、ウルフの一匹を抱きしめた。

「この子！　この子が一番やわらかいの！　ふわふわ！」

「へえ」

「でね！　でね！　あっちの、えっと……。この子！　この子はかけっこが一番速いの！　いつも真っ先にわたしのところに来てくれるんだよ！」

「おう……」

「次はね、次はね！」

あ、終わらないやつだ。

どうしようかな。来場者さん、飽きちゃったりしないかな。さすがに途中で帰られたら、れんちゃんもちょっと気にするだろうし……。

なんて思ったけど。

『大丈夫だろ』

『れんちゃんのもふもふ自慢を生で見れるとか、裏山』

『にっこにこで好きなものを話してくれるれんちゃんを見てて飽きるはずがないんだよなあ』

「それはそれで色々危ないと思うけど、それならいっか」

見てみると、なるほど確かに、みんな笑顔で見守ってくれてる。迷惑そうにしてる人なんていなくて、ちゃんとしっかり聞いてくれてる。

大勢の前に姿を見せるってことでどうなるか不安だったけど、これなら大丈夫そうだ。ちょっと安心した。

私ものんびりと、みんなと一緒にれんちゃんのもふもふ自慢を眺めるとしようかな。

ウルフだけじゃなくて、行く先々でれんちゃんはもふもふ自慢をしていた。猫もそうだしトラたちもそうだ。

もちろん自慢を聞いてくれた人の中にはちょっぴり迷惑そうにしている人もいたけど、そんな人は特に騒ぐこともなく、静かに帰っていった。ゲームマスターの監視はやっぱり大きいみたいだね。

私としては、ちょっと驚いたのが、レジェの区画に行った時かな。

その時にレジェの周りに集まっていたのは、金属鎧に身を包んだいかにもガチな人たちだった。いわゆる前線組というか、戦闘大好きな皆さん。これにはれんちゃんもちょっと怯《おび》えていたけど、話してみるとみんな気さくな人たちだった。

「いやあ、俺もストーリーはクリアしたけど、始祖龍《しそりゅう》にこんなゆっくり触ったことないからさ。貴重な体験をさせてもらったよ」

「ほんとほんと。こんなにもふもふだったのね。すごく気持ちいい……」

そんな人たちの言葉にれんちゃんも気をよくしたようで、その後はいつものようにレジェを自慢してた。レジェにぴったり張り付いて自慢するれんちゃんはとてもかわいかったです。みんな頬が緩みっぱなしだったし。

れんちゃんのもふもふ自慢をちょっと後ろで眺めて見守る。やっぱりもふもふが関わると、れんちゃんの人見知りはすごくましになるらしい。自慢したい、というよりもふもふを共有したいという気持ちの方が強くなってるだけだろうけど、これはいいことだと思う。

そんなことを考えながら見守っている間に、いつの間にか十九時半。もうすぐ終わりの時間。イベントそのものはもう少しだけ続くけど、いくつかの発表をこの時間にする、というのを山下さんが言ってたんだけど……。

どうやって話すんだろう、と思ってたら、急にアナウンスが聞こえてきた。店内放送みたいに、会場中に聞こえてくる。

「ご来場の皆様、本日はＰｖＰイベント、ならびにふれあい広場にご参加いただき、ありがとうございます。これよりＡＷＯ《アナザーワールドオンライン》の最新情報を発表させていただきます」

『最新情報きた！』

『ずっとこれを待ってたんだよお！』

『あ、ミレイ。カメラはれんちゃん向けといてくれ』

「ぶれないね……」

最新情報に集中するのかなと思ったらこれだ。私についてきてるカメラの光球をれんちゃんに向ける。れんちゃんは大きな声に驚いてるみたいで、目を丸くしてレジェをもふもふしてた。驚きながらももふもふをやめないれんちゃん、さすがです。

「本日は新エリアのご紹介です。上空をご覧下さい」

「上空？」

みんなで上を見る。すると、空中に映像が流れ始めた。すごい、なんか近未来みたい！

「これもある意味ファンタジー！」

『ある意味言うなｗ』

『空中に映像とかちょっと憧れるな。リアルでもはよ実現してくれ』

『無茶言うなｗ』

映像に流れるのは、空中に浮かぶ島。もうそれだけでみんなのテンションが上がっていくのが分かる。私もちょっと上がってる。浮かぶ島とか、ファンタジーだと定番だけど、やっぱり憧れるよね！

でもそれよりも、その島に生息するものの方が、びっくりだった。

ユニコーンにカーバンクル、ケットシー。そんな、いわゆる幻獣がたくさん映ってた。

『幻獣!?　マジで幻獣!?』

『卵限定からついに解禁か!?』

『マジかよ楽しみすぎるんだけど！』

そうだね楽しみだね、でも私はれんちゃんの反応の方が気になるかな！

そっとれんちゃんを見てみる。ふわあ、と目をきらきらさせて映像を凝視してる。なにあれかわいい。かわいいけど、あれは至急行き方を調べないといけない。いや新エリアだから調べようがないんだけど。

「幻獣が住まう浮島、幻大陸へ行くことができる条件などは、明日発表されます。どうぞご期待ください」

あ、よかった。教えてくれるらしい。

「ご静聴、ありがとうございました。この後、二十時からは閉会式などを予定しております。残りわずかな時間ではありますが、最後までお楽しみください」

んー……。うん。お知らせ終了、だね。ただ、あちこちからざわざわと話し声が聞こえてくる。みんな、幻大陸に興味津々みたいだ。私もすごく気になる。

『ユニコーンとかはともかく、カーバンクルとかケットシーとかすごくれんちゃん気に入りそう』

『カーバンクルはカンクルさんがいるだろういい加減にしろ！』

『カンクルに幻大陸の話とか聞けたりするかな』

どうなんだろう。聞けたら面白そうだけど、でもとりあえず私は行くことを目的にしないとね。

ふと、袖を引かれた。れんちゃんが私の服をちょんちょん引っ張ってくる。お目々きらきらで私を見てくる。次の一言は、まあ想像できるね！

「おねえちゃん、あそこ、いきたい……！」

『知ってた』

『ですよねー！』

『れんちゃんが興味を示さないはずがないんだよなあ！』

返事はもちろん、決まってるとも。

「任せてれんちゃん。一緒に行こうね！」

「わーい！　おねえちゃん大好き！」

れんちゃんが、ぎゅっと抱きついてくる。ふにゃふにゃ笑顔で。なにこれかわいい。顔がにやける。

「うえへへへ……」

『今日の笑顔』

『笑顔（にちゃぁ）』

『俺はいつになったら、てえてえと言えるんだ……？』

『ミレイがいる限り無理じゃないかな』

うるさいよ。

明日からは幻大陸だ。れんちゃんがログインする前に情報収集だね。頑張ろう。

配信三十六回目『幻大陸に行くよ』

ふれあい広場のイベントの翌日。れんちゃんの病室に行くと、れんちゃんはベッドの上でごろごろしていた。ぬいぐるみを抱いて、ころころ転がってる。

「ごろごろー」

「れんちゃん、何やってるの……？」

「ごろごろー」

ごろごろーしてるらしい。……うん、まあ、うん。そういうことらしい！　考えるな、感じるんだ未来！

「今日のおやつはみたらし団子です」

「みたらしだんご！」

ぴたっとごろごろをやめて、れんちゃんがベッドの上に座った。ぬいぐるみを横に置いて、お行儀よく待ってる。さすがみたらし団子だ。一番好きってわけじゃないはずだけど。

れんちゃんの隣に座って、コンビニで買ってきたみたらし団子を鞄《かばん》から取り出す。れんちゃんの視線がみたらし団子に釘付《くぎづ》けだ。みたらし団子を頭の上まで持ち上げてみると、れんちゃんの視線もそのままついてきた。かわいい。

パックを開けて、とろとろのたれがたっぷりかかった一本を渡してあげる。このみたらし団子は三本入りだけど、れんちゃんが食べるのは一本だけだ。晩ご飯の時間も近いからね。

たれが落ちないように気をつけながら、れんちゃんはぱくりとお団子を食べた。

もぐもぐもぐもぐ、と食べて、呑《の》み込んで、ふにゃ、と幸せそうに笑ってくれる。天使だ。

「美味《おい》しい？」

「おいしい！」

いい笑顔だ。でもお口の周りにたれがついてて、べたべたしてる。でも今拭いてあげても、お団子が残ってるからまた汚すだけかな。

私も一本食べながら、れんちゃんの食べる様子を見守る。もぐもぐ食べて、へにゃ、と笑って、見ていて飽きない。見てるだけでなんだか幸せになれる。

最後の一個を食べ終わって、ごちそうさまでした。ちなみに串は持ったままです。

「はいれんちゃん。じっとしててね」

「んー」

コンビニで貰《もら》っておいたお手ふきでれんちゃんの口を拭いてあげる。残らないように、でも痛くないように丁寧に。この間も、れんちゃんはどことなく楽しそう。なんでだろうね。

口を拭き終わると、れんちゃんが串をゴミ箱に捨てたから手も拭いてあげる。ごしごしと。

「おねえちゃん、自分であらうよ……？」

「うん。私がやりたいだけ」

「ふーん……？」

首を傾《かし》げてるけど、そのままやらせてくれる。しっかりと拭くと、両手もしっかりと綺麗《きれい》になった。お姉ちゃんは満足です。

「さてさて、れんちゃん。お待ちかねのゲームの話です」

「うん」

犬のぬいぐるみを抱いてから、れんちゃんが私を見る。もふもふしてる。もにもにしてる。

「浮島には私たちも行けそうだから、安心していいよ。でも、ちょっと時間かかるかも」

「そうなの？」

「そうなの」

浮島が関わるアップデートは朝の間に行われたらしくて、もうすでに情報が出回ってきてる。掲示板もいくつか見てみたけど、どうも人によってイベントの進行が違うみたいなんだよね。どんな分岐があるか、さすがに半日じゃ分かるはずもなく。

まあつまり、結局は行き当たりばったりでやるしかない。私の応用力が試されるね！

「がんばるよれんちゃん……！」

「う、うん」

きょとんと不思議そうなれんちゃんもかわいいです。ぎゅっとしちゃえ。

十八時。れんちゃんのホームで配信開始。ちなみに、浮島、つまり幻大陸を配信していいかは山《や》下《ま》さ《した》んに聞いていて、許可はもらってる。宣伝になるからどんどんしてほしい、だそうです。

「今日はみんなの予想通り、幻大陸に行くよ」

『ヒャッハー！　新鮮な生配信だぜえ！』

『変なやつがわいてるなあ……』

『昨日のお知らせから絶対に行くと思ってたw』

行かないはずがないんだよね！　さて、まずはイベントの発生条件から。

「発生条件は運営さんが公式サイトのお知らせで出してくれてるね。……ところでれんちゃん、何やってるの？」

「もふもふ」

「うん。もふもふだね」

頭にいつものようにラッキーを載せて、れんちゃんはリルと遊んでる。リルの前足をにぎにぎ。リルは後ろ足で立って、尻尾をふりふり。

『れんちゃんもリルもかわいいなあ！』

『リルのもふもふっぷりは本当に反則だと思う』

『レジェに負けず劣らずのもふもふっぷりやで……』

私も何度か抱かせてもらってるけど、本当にこう、やばい。もふもふがやばい。やばいしか出てこない。やばい。

「………。よいしょ」

『さりげなくれんちゃんを膝の上に乗せるなw』

『れんちゃん相変わらず無反応』

『いつものことなんやなって』

インベントリから取り出した椅子に座って、れんちゃんを膝の上に乗せてなでなでする。私の至福の一時だ。んふふ。

『ミレイちゃん、続きは?』

「あ、そうだった」

危ない、忘れるところだった。えっと、発生条件だったたね。

「もうみんなお知らせぐらい見てると思うけど、見てない人のために簡単に。条件は二つで、どちらかで発生します。ストーリーの第一章をクリアしてるか、もしくは空を飛べるテイムモンスがいるか」

『空を飛べるテイムモンスなんているのか……?』

『ドラゴンがいる、と言いたいけど、ドラゴンいるならストーリーもクリア済みだな』

『もしかしたらガチャの卵にそんなモンスがいるのかも?』

どのモンスが該当するかは、私も分からない。もしかしたら、誰かがいずれ報告してくれるかもね。

「ちなみに私たちの場合は、レジェが該当します」

『ふぁ!?』

『それありなのかw』

『でも確かに、飛べる始祖龍《しそりゅう》を除外する方が違和感あるか』

正直、レジェはだめって言われても仕方ないと思ってたけどね。その場合は本腰入れてストーリーをクリアしたと思う。その必要はなくなったから、のんびり進めるけど。

「条件を満たすと、ホームに幻獣が迷い込んでくるんだって。こっちはランダムらしいから、いつ発生かは分からないけど……。一時間、ホームにいれば間違い無く出てくるらしいね」

『一時間って地味に長いな』

『ホームでやることない人はきつそう』

『ほぼホームで遊ぶれんちゃんには関係なさそうだけどw』

普段からいつもホームで遊んでるからね。今日ものんびりもふもふして待ちましょう。

「こんこん」

「キツネの鳴き真似《まね》をするれんちゃんがとてもかわいい……!」

『気持ちは分かるが落ち着けw』

『転がしてお腹《なか》を撫《な》でるのがれんちゃんのお気に入りなのかな？』

リルをころんと転がして、お腹をわしゃわしゃしてる。確かによく見るね。

もふもふをもふもふするれんちゃんを眺めながら、のんびり待とうかな。


れんちゃんのもふもふはリルの後、子犬たち、そしてウルフたちへ。れんちゃんの前にもふもふ待ちの列ができてる。ずらっと。

「気付けばすごいことになってる……」

『もふもふ最後尾はどこですか？』

『俺も並びたい』

『全力で阻止する』

むしろ私が並びたい。私もれんちゃんにもふもふしてもらいた……、どうしてれんちゃん私を見てるのかな？　微妙に視線が冷たいよ？

『声に出てたぞ』

『それはもう、はっきりと』

「わあ」

だめなやつですね分かります。れんちゃんがため息ついてる。自業自得なんだろうけど、ちょっと傷つくよ……。

「おねえちゃん。ごろーん」

「え？　ご、ごろーん？」

「ごろーん」

横になれってことかな？　れんちゃんを膝から下ろして、地面に横になる。ホームの草原は絶妙に柔らかい草で、お昼寝したら気持ちよさそ……。

「わしゃー！」

「うひぇ!?」

れんちゃんがお腹をくすぐってきたんだけど!?　なに!?

「わしゃわしゃ！」

「あ、これってそういう!?　まってくすぐったい!?」

「わしゃー！」

「うにゃー！」

『なんだこれ』

『これはてえてえ』

『てえてえか……？』

れんちゃんに撫でられまくることしばらく。視聴者さん曰《いわ》く五分ぐらい。ようやく解放してもらえた。幸せ気分、だったような、それどころじゃなかったような、複雑な心境です。

さて、とれんちゃんがウルフたちのもふもふに戻ろうとしたところで、のっそりと近づいてくる大きな影。三つ首のケルベロスだ。

「あ、ケルちゃん」

れんちゃんが顔を輝かせる。撫でに行こうとしたところで、れんちゃんは首を傾げた。

「その子、どうしたの？」

「え？」

れんちゃんの視線を追って、ケルちゃんを見る。首の一つが、小さな馬をくわえていた。怪我《けが》しないように優しくくわえてるみたいで、れんちゃんの前にその馬を下ろした。

あ、いや、違う。馬じゃない。背中に小さな翼がある。

「翼がある馬ってことは……」

『ペガサスだー！』

『なにこのペガサスめっちゃかわいいんだけど！』

『かわいい子馬にちっちゃな翼があってなにこのかわいい生き物』

うん。見た目はすごくかわいい、けど……。

「えっと……。こわいの……？」

小さなペガサスはちょっと震えてるみたいだった。ケルちゃんを見たり、れんちゃんを見たり、私を見たり。他のモンスたちももちろん見てる。それで、やっぱり震えてるみたい。

ペガサスの気持ちを想像してみよう。迷い込んだ場所にたくさんいる大きなモンスター。

「うん。怖いね」

『迷い込んだ先にいる超巨大なモンスたち』

『さらにはウルフや猫又が数百匹』

『地獄かな?』

『何も知らずに迷い込んだらそりゃ怖いわw』

私なら死を覚悟するかもしれない。わりと冗談抜きで。

「だいじょうぶ。こわくないよ」

れんちゃんがペガサスをそっと撫でる。なでなで。

「ごはん、食べる?」

れんちゃんが差し出したエサを、ペガサスは戸惑いながらもぱくりと食べて。美味しかったのか、名残惜しそうにれんちゃんの手をぺろぺろしてる。れんちゃんは嬉《うれ》しそうに二個目のエサを取り出して、また食べて。

「天使がいる」

『違いない』

『れんちゃんは天使。はっきりわかんだね』

ペガサスもれんちゃんに慣れてきたのか、れんちゃんに甘え始めてる。れんちゃんにすりすりしてる。れんちゃんも嬉しそうにペガサスを撫で回してて、見ていてとても和む。

このペガサスだけど、本当に小さい。れんちゃんでも乗れないんじゃないかな？　頑張ったら乗れるかもしれないけど、ペガサスの方が潰れちゃいそうだ。

ペガサスに乗るれんちゃん、なんてちょっと見てみたいけど、この子だと無理かな。

でもまあ、かわいいからいいか、とも思う。このペガサス、ふわふわな毛に覆われてて、とってもかわいい。十分もふもふ枠に入るんじゃないかな。

「私も撫でていいかな……？」

そっと手を伸ばしてみる。ペガサスがびくっと体を震わせて、れんちゃんの後ろに隠れてしまった。

うん。予想はしてたけど、地味に傷つくねこれ……。

『ミレイとれんちゃんなられんちゃんを選ぶ』

『当たり前だよなあ？』

『誰だってそうする。俺もそうする』

「分かってるから言わなくていいよ」

私だってれんちゃんを選ぶに決まってるじゃないか。

私はまだちょっと触れないみたいだし、次のことを確認しようかな。ペガサスと遊ぶれんちゃんを眺めながら、のんびりする。

「幻獣を保護したら、浮島に行くことができるようになるらしいけど……。どうやって行くの？」

『幻獣に触れたら幻大陸が見えるようになるぞ』

『ホームからでも行けるらしい。空を見てみ。小さい黒い点があるはずだから』

「ほうほう。……ないんだけど」

空を見て、黒い点とやらを探して見るけど何も見当たらない。いくつかの雲が流れるだけの、平和な空だ。のんびりぷらぷら。いい天気だねえ……。お昼寝したくなる。

その場でごろんと横になる。柔らかい草がお布団みたいで、ああいい気持ち……。

「すやあ……」

『いや寝るなよｗｗｗ』

『浮島探せよｗ』

「いや分かってるけど、見つからないよ……？」

黒い点とか、本当にない。さすがに小さすぎて見えないってことはないと思うし……。それだと見つけられない人がもっと増えそうだしね。

『お前らわざとか？　天然なのか？』

『あん？』

『何がだよ』

『いや、ペガサスに逃げられてただろ。ミレイは触ってなくないか？』

「あ」

『あ』

『言われてみれば確かにｗ』

本当にね！　幻獣に触ることが条件なら、私が見えるわけないじゃん！　仕方ないね、やっぱりもうしばらくこうして……。

とか思ってたら、お腹に何かが乗ってきた。

「とお！」

「ぐえ」

当然のようにれんちゃんなわけですが。

『理不尽な飛び込みがミレイを襲う！』

『むしろご褒美では……？』

『おいミレイそこ代われ。俺がれんちゃんを愛《め》でる』

「ぶっ殺すぞ」

『ヒェッ』

『ガチギレすんなｗ』

れんちゃんは私の妹だ。まったく。

れんちゃんを見ると、私にぎゅっとしがみついてる。なにこれかわいい。上目遣いに見つめてくるれんちゃんを撫でると、気持ち良さそうに目を細めた。

「れんちゃん、どうしたの？」

「この子とおともだちになった！」

「おお……」

テイムできたのかその子。てっきりイベント限定のモンスだと思ってたけど……。今もペガサスは私に抱きついてるれんちゃんを鼻でつんつんしてる。構ってほしいのかも。

「遊んであげないの？」

「つづきは？」

「あー……」

幻大陸に行きたいらしい。ペガサスと触れ合って期待値が上がってる気がする。すごくわくわくしてるのが、見てるだけでよく分かるよ。

「運営さんが自分でハードルを上げてるけど、何があっても私は責任を取らない所存です」

『おいw』

『いやまあ、そりゃそうだろうけどもw』

『れんちゃんの中でも期待値がものすごいことになってそう』

期待外れとか、ないと信じたい。昨日の映像を信じるなら、大丈夫だとは思うけど。

私もペガサスに触らないとどうしようもないんだけど……。試しにそっと手を伸ばしてみたら、今度はあっさりと触らせてくれた。ペガサスの頭を撫でると、私の手に頭をこすりつけてくる。すりすりしてくる。すごく守りたくなるね。

「この子かわいいね」

「うん！」

れんちゃんの期待値が上がるのも分かる気がするよ。他の子も、是非とも見てみたい。

さて。これで私も条件を満たしたはずだけど……。

空を見ると、さっきまでは見えなかった黒い点が確かにあった。あまり大きくはないけど、探せば見つけられる程度の大きさ。事前情報がなかったらさすがに見つけられないけど、まあそこはＮＰＣが教えてくれるようになったりするんだと思う。

「あ、あった」

あとはレジェに乗せてもらって、幻大陸とやらに行けばいいだけ。

だけ、なんだけど……。

我慢できなかったみたいで、れんちゃんはペガサスと遊び始めてる。寝転がったれんちゃんのお腹にペガサスが頭を載せて、その頭をれんちゃんがなでなで。

『なにこの平和な空間』

『れんちゃんもかわいいけどペガサスもかわいい』

『れんちゃんとペガサスの間に挟まれたい……』

『なんだこいつ』

やばい人がいるけど無視しよう。

れんちゃんはしばらくペガサスを撫で続けていたけど、満足したのか座り直して足を伸ばした。

そして取り出したのは、いつものブラシ。

「ここ」

れんちゃんが足をぺちぺち叩《たた》くと、ペガサスがれんちゃんの足の上に頭を置いた。ペガサスを優しく撫でながら、ブラッシングするれんちゃん。ペガサスもとっても気持ち良さそう。

見ていてとても和む。これはとてもいいものだ。

『俺も小さい馬ほしいなあ』

『迷子の幻獣はランダムだから、ペガサスが来るとは限らんぞ』

『あのペガサスサイズの馬も見たことないからな』

馬、馬か。そう言えばまだ馬には会ってないね。馬のぬいぐるみもあったはずだから、れんちゃんも嫌いってわけじゃないはず。幻大陸で遊び終わったら、馬を見に行くのもいいかも。

ちなみにこのゲームでは馬は放牧地で買えるから、会うだけならわりと簡単だ。騎乗スキルも初期スキルに選んでなければそこで習得できる。

馬の予定はまた今度でいっか。今はとりあえず、空の上の幻大陸に行かないとね。せっかく行けるようになったんだし、このペガサスが迷子なら一度は送り届けた方がいいでしょ。

「れんちゃん、そろそろ浮島に行かない？　レジェが連れて行ってくれるよ」

「うきじま！」

はっとした様子のれんちゃん。ペガサスと遊び始めて忘れてしまっていたらしい。そんなところもかわいいです。

というわけで。

「レジェ！　乗せてー！」

れんちゃんがぴょんぴょん飛び跳ねながらレジェに言うと、レジェはいつものように尻尾で器用にれんちゃんを摑《つか》んで、背中に乗せてくれた。その次に私、そしてペガサス。一緒に連れて行ってくれるらしい。

ペガサスは最初ちょっと怖がってるみたいだったけど、れんちゃんに撫でられるとすぐに落ち着いた。懐くのが早すぎでは？

「ペガサスがチョロいのか、れんちゃんが魅力的なのか……。後者だね」

『自己解決すんなw』

『やっぱりかわいいは正義なんやなって』

『れんちゃんかわいいからね、仕方ないね』

れんちゃんがペガサスをもふもふしてる間に、レジェが大きく翼を広げた。レジェの視線の先は、空に浮かぶ島。れんちゃんは何も指示してなかったけど、察してくれたのかな？　メタ的なことを言えば、イベント中だから自動的に目的地が設定されただけかもしれないけど。

「察してくれたって思った方が、この世界にいるって感じがするよね」

『わかる』

『システムばっかり意識してもな』

『レジェはかしこいからな！』

ゆっくりとレジェの体が浮き上がる。そしてそのまま、浮島へとすごい速さで飛び始めた。あっという間に速くなってびっくりだよ。ゆっくり加速してくれてもいいんだよ？

「すごーい！　はやーい！　レジェすごい！」

きゃっきゃと喜ぶれんちゃんと、さらに速度が上がるレジェ。褒められて嬉しいのは分かるけど、もうちょっとゆっくり飛んでほしい。騎乗スキルの効果で落ちることはない、はずだけど。

『そう言えば風圧とかは？』

『髪とか全然揺れてないけど』

「言われてみれば……」

風圧とかは感じない。いや、自転車をこいでる時ぐらいのささやかなものは感じるけど、その程度。ジェットコースターみたいな風圧だと空の旅を楽しめないから、その配慮かも。

そんな話をしてる間に、浮島はどんどん近づいてきて……。いや待って。何か、こっちに来てるような……。

浮島から、何かが落ちてきた。最初は小さな点だったけど、それはどんどん大きくなってくる。

あれは、鳥、かな？

うん。鳥だ。とても大きな鳥。真っ赤な鳥で、こっちに真っ直《まっす》ぐ落ちてくる。鳥はそのまま、レジェの真横を通り過ぎた。

んー……。なんだったのかな、あれ。

「おねえちゃん！　とり！　とりさん！」

「鳥さんだったね。大きかったねえ」

「ぶわって！　ぐわーって！　びゅーん！」

「あははー。興奮してるのはよく分かったよ」

両手をぱたぱた振り回すれんちゃんを膝に乗せて、頭を撫でる。れんちゃんは何度も下を見ようとしてたけど、すぐに落ち着いてくれた。ふんにゃり幸せそうに笑ってくれる。喉元こちょこちょしよう。ほらほら、ここがいいのかな？

『唐突に始まる甘やかし』

『かわええなあ』

『なあ、さっきの鳥ってさ……』

『のんびりしてるみたいだから後にしてやろうや』

『あ、はい』

視聴者さんはさっきの島について知ってるのかな？　でも今はいっか。れんちゃんをなでなでするのです。なでなで。

もう少しだけ飛んだところで、無事に浮島、幻大陸にたどり着いた。幻大陸のさらに上空から眺めることができたけど、思った以上に大きな島だと思う。広さだけなら一番のファトスよりもさらに広いんじゃないかな。探検のしがいがありそうだね。

『はえー。予想以上に大きい』

『森も池も山もある。すごいな、この島だけで色々詰め込まれてる』

『今回のイベント興味なかったけど、ちょっと行きたくなってきた』

『一カ所だけ草原があるけど、あそこに降りるんかな？』

自動運転、なんて言ったられんちゃんに怒られそうだけど、飛び始めてからはレジェにお任せだ。私たちは特に指示は出してないけど……。うん。端っこにある小さな草原に降りるみたい。そこから探索しましょうってことかな。

無事に幻大陸に到着。レジェはここで待つのか、丸くなっちゃった。

「レジェ。ありがとう！」

れんちゃんがレジェをもふもふしながらお礼を言うと、レジェは尻尾を一振り、そのまま目を閉じてしまった。疲れたのかな？

「おねえちゃん！　みてみて！」

「ん？」

れんちゃんがいつの間にか、大陸の隅っこ、つまりほとんど崖になっているところから見下ろしてた。

「れんちゃん、危ないよ」

注意しながら、れんちゃんの隣にそっと立ってみる。おお……。これは、すごい。

『雲の方が下にあるんだな』

『かすかにれんちゃんのお家《うち》が見える、ような気がする……』

『高度やばいなこれｗ』

さすがにゲームだからか空気が薄いとかは感じないけど、高度は高い方だと思う。雲がほとんど下にあるよ。れんちゃんのホームもうっすら……。

「いや見えないよ。誰だよ見えるとか言ったの」

『さーせんｗ』

『地面があることぐらいしかわからねえｗ』

『でも絶景だな』

それは認める。リアルだとまず見れない光景だ。思わず見惚《みと》れそう。

「さて。れんちゃん。探検に行こっか」

「はーい！」

というわけで、そろそろ出発です。

ペガサスと一緒に、森の中に入ってみる。ちなみに迷う心配はなさそう。あからさまな道があるからね。舗装されてるわけじゃないけど、しっかりと人一人分が楽に通れる道だ。

先頭は、れんちゃん。危険はなさそうだから。道の途中で拾った枝を楽しそうに振りながら歩いてる。

「ふんふんふーん」

鼻歌つき。とっても機嫌がよさそうだ。

『枝を振り回してるのがなんかいたずら小僧っぽい』

『いたずられんちゃん』

『いたずら配信は前にもやったでしょ！』

『つまりもう一度やるフラグ』

「それは勘弁してほしいかな……」

だめとは言わないけど、前回みたいに何をやってるのか分かっちゃうと、とても反応に困るから。

れんちゃんと一緒に、のんびり森を散策。お弁当持ってきてピクニックとか楽しそうだね。一応ホームの中だから、敵のモンスも出てこないみたいだし。

「お日様がほどよく入ってきて、気持ちいい森だね。お昼寝したい」

『そうだな。すごく分かる』

「つまりれんちゃんをなでなでぎゅーしながら、うたた寝したい」

『おう。……ん？　いやまって』

『さらっと危ない発言すんなw』

『れんちゃん、ミレイのやつこんなこと言ってるぞ？』

「うん。いつもぎゅってして寝るの」

『なんて？』

『いつも』

『なにそれおいミレイなんでそれを配信してないんだバカなのかお前』

「なんで怒られたの？」

病室でのことだからね。それに毎日じゃなくてお泊まりの時だし。着ぐるみれんちゃんとお互いを抱き枕にして寝てます。至福の一時ってやつだね！

「ふへ……うえへ……」

「………」

『気付いて。れんちゃんが「うわあ」みたいな顔になってることに気付いて』

『今後やってくれなくなるのではw』

それは困る。気を引き締めよう。

「きりっ」

『きりっ（ニチャァ）』

『言葉と表情が一致してない件について』

「うるさいよ」

視聴者さんと会話しつつ、森を進む。木の棒を持って楽しそうにしてるれんちゃんを見れただけでも、私は満足だ。でもそろそろ、かわいい幻獣とか見たいけど……。

ちなみに景色に飽きたのか、いつものようにれんちゃんの頭にいるラッキーは完全に寝入ってしまってる。れんちゃんの頭の上で寝るって、器用だね……。たまに落ちそうになってると思ったら、れんちゃんが手で優しく位置を調整してる。見ててほんわかする。

ふと、れんちゃんが立ち止まった。きょとりと首を傾げて、奥をじっと見てる。なんだろう。

「れんちゃん、どうしたの？」

「ラッキーが……」

ああ、ラッキーが起きてる。起きて、前を見て、れんちゃんをぽふぽふ叩いてる。何かを知らせようとしてるのは分かるけど、残念ながら私には分からない。

「何かいるよって」

「そ、そうなんだ。分かるんだね……」

『すげえなれんちゃん。経験則ってやつかな？』

『戦闘能力の低さが気にならないぐらい優秀だよなラッキー。俺もほしい』

『敵意なしで近づけばテイムできるぞ！』

『無理すぎるｗ』

未《いま》だに他のテイム報告がないらしいからね。ラッキーはまだしばらくはれんちゃん専用モンスになってそう。


さて。今は目の前のことだ。ラッキーが注意してくれたのなら、それは間違い無く何かがいるってことだと思う。私が先に様子を見に行って……、とか思ってる間に、その何かが出てきた。

二足歩行の犬。もふもふ毛皮で、いい感じにデフォルメされてて気持ち悪さは感じない。見た目かわいいモンスター。コボルト、かな……？

『これってコボルト？』

『ダンジョンに出てくるコボルトと全然違うんだけどｗ』

『あっちはめちゃくちゃ不気味なのに、こっちはなんでこんなにかわいいのｗ』

私もダンジョンのコボルトは見たことあるけど、全然違うね。ダンジョンのコボルトは本当に不気味で、れんちゃんに見せてあげようとすら思わなかったから。

でもこっちのコボルトは、なんだかとても愛くるしい見た目だ。れんちゃんもわあ、と目を輝かせてる。

「わんわん！」

『わんわんw』

『確かに見た目犬だけど、わんわんw』

そうだねわんわんだね！　わんこだね！

そしていつものようにれんちゃんが駆け寄ろうとして、

「おや、お客人とは珍しい」

コボルトが喋《しゃべ》った。

「え」

『キャアァァ！　シャベッタアァァ！』

『また懐かしいネタをw』

『分かる、初見だとびっくりするよな。俺もびっくりしたよ……』

れんちゃんもぴたりと止まってしまってる。十秒ほど硬直した後、私の方にとことこ歩いてきて、後ろに隠れてしまった。さすがにいきなり話しかけられたのはびっくりしたらしい。

コボルトもどうにも困った表情。いや、人の顔じゃないから分かりにくいけど、ちょっと申し訳なさそうにしゅんとしてる。かわいいかもしれない。

『幼女に逃げられたのはさすがに堪《こた》えたらしい』

『わかる、わかるぞコボルト……！』

『道を聞いただけで通報された人の気分になってそう』

それは私にはちょっと分からないかな……。

れんちゃんが顔だけ出してコボルトを見つめてる。でもまだ怖いみたいだから、私が話を進めよう。慣れてきたられんちゃんも出てくるでしょ。

「こんにちは。この島のコボルトさんですか？」

「ああ、そうだ。ここに人間が入ってくるのは久しぶりだよ。見たところ、君たちは私たちを捕まえに来たわけではないようだし、歓迎しよう」

『ちな、初手敵対すると、島を出るまで追いかけ回される』

『やったのかお前w』

『やっちゃったんだよ俺……。一度出たらリセットされたから助かったけど……』

こんな愛くるしいコボルトと敵対なんてなんでするんだろうね。…………。愛くるしいコボルトって、自分で言ってて意味不明すぎるけど。

「ところで、お客人はどうやってこの島に来たのかな？　外の人は朱雀《すざく》様が追い返しているはずだが……」

「そうなの？」

『そうだぞ』

『一度朱雀に追い返されて、朱雀に認めてもらうためのクエストが発生するぞ』

『れんちゃんはスキップしちゃったけどな』

『始祖龍《しそりゅう》に乗ってる人と敵対なんてするわけないだろいい加減にしろ！』

ああ、なるほど。レジェがいるから、朱雀は自動的に認めてくれたらしい。ということは、すれ違った赤い鳥が朱雀なのかな。

四聖獣《しせいじゅう》朱雀。是非ともれんちゃんに会わせてあげたい。

おっと、その前に続きだ。

「朱雀とはすれ違っただけですね。ここにはレジェに乗ってきました」

「レジェとは？」

「始祖龍《しそりゅう》」

「ほう。……ほう？　ん？」

『コボルトさんが困惑しておられるｗ』

『さすがに始祖龍《しそりゅう》は予想外だよなｗ』

「失礼だが、会わせていただいても……？」

あ、さすがに信じてもらえなかったらしい。まあ、会わせるぐらいなら、いいかな。

というわけで。コボルトを引き連れて、戻ることに……。

「お父さん！」

あ、奥からもう一人出てきた。ん？　一人？　一匹？　どっち？

「コボルトの数え方って人？　匹？」

『知らんがな』

『リアルにいない動物の数え方を聞いてくんな』

『二足歩行だし人でいいんじゃね？』

ふむ。それもそうだね。人でいいや。改めて、奥からコボルトが一人、駆け寄ってきた。子供のコボルトで、さっきのコボルトよりも小さい。そしてかわいい。

「わあ……」

あ、れんちゃんも反応してる。かわいいからね！

「ああ、ココか。どうした？」

「お父さんが遅いから心配で……。なにこいつら」

「こら」

ぽかりとココちゃんとやらの頭を叩くコボルトさん。名前あるってことは、モンスというより現地住民みたいな扱いなのかな。

「お客人だ。俺は今からこの人たちと出かけてくる」

「僕も行く！」

「む。……まあいいだろう」

一瞬だけ悩んだけど、コボルトさんは頷《うなず》いていた。一応、私たちを信用してくれるらしい。もしくは、何かあってもどうとでもなる、とか思われてるのかも。

それじゃ、今度こそ来た道を戻りましょう。

「ココ、さん……？　あのね。あのね」

「ん？　なに？」

「さ、さわっても、いい……？」

「え？　いいけど」

「じゃあ……。あ、ふわふわだあ……」

れんちゃん、ようやく少し慣れたっぽいです。ココちゃんのお手々をにぎにぎしてご満悦。ココちゃんもちょっと照れくさそう。

「ふふ……。あの子は良い子だな」

「でしょ？　自慢の妹です。ところでココちゃんは男の子ですか？」

「む？　男児だが、それが何か？」

「ふーん……」

『おい待てお前何考えてる!?』

『ミレイちゃんダメだよ落ち着いて！　どうどう！』

『考え直せミレイ！』

「君らは私を何だと思ってるの？」

いくら何でも私もいきなり襲ったりしないよ。失礼な人たちだ。

「進展とかしそうならはっ倒そうと思ってるだけだよ」

『ヒエッ』

『あかん、目がガチだぞこいつ』

『コボルトさんの顔が面白いぐらいに引きつってるｗ』

「いや、さすがに冗談だからね……？」

人ならともかく、ＮＰＣだし、さすがにそんなこと言わないよ。

『人ならともかく』

『れんちゃん苦労しそうだな……』

『過保護な姉を持つと大変だな』

「うるさいよ」

そんな話をしながら、最初の草原に戻ってきた。レジェはここに来た時と変わらず、丸くなってぐっすりだ。違うところと言えば、近くで赤い大きな鳥が飛んでることかな。どうしようこれ、みたいな感じで困惑してるのが見てるだけで分かってしまう。

「おお……。まさか本当に……」

「うわあ……」

コボルト親子はレジェを見て震えてる。こっちはそっとしておいて、と。

「おっきな鳥さん！」

れんちゃんは当然のように朱雀に反応した。

「鳥さん！　鳥さん！」

触りたいのか、手を上げてぴょこぴょこ飛び跳ねるれんちゃん。かわいい。朱雀もれんちゃんを見てちょっと困ってる。

でも邪険にはできなかったみたいで、朱雀はゆっくりと地面に降り立った。そっとれんちゃんに顔を近づける朱雀。れんちゃんは嬉しそうにその顔を撫で始めた。

「わあ……。もふもふしてる……。かわいい……」

「か、かわいい……？」

『れんちゃんにとってサイズは大きな問題じゃないんだなって』

『かっこいいとは思っても、かわいいはさすがになかったわｗ』

『でもこうして見てるとかわいく思えてくる不思議』

それは分かる。最初はこわい、かっこいい、と思える子でも、れんちゃんと遊んでるのを見るとなんだかかわいく見えてくる。

れんちゃんかわいいからね、仕方ないね！

「お客人」

れんちゃんが朱雀をもふもふしてるのを眺めていたら、コボルトさんが声をかけてきた。今いいところなんだけどなぁ。

「なんですか？」

「先ほどまでの無礼、平にご容赦を」

「なんですか!?」

なんかすんごい下手に出られた気がする！　やめてくれませんかね!?

「改めて、歓迎させていただきたく……。里にご招待させていただければと思います」

「あ、はい。ありがとうございます。是非」

こんなコボルトがたくさんいる里なら、是非とも行ってみたいよね。

「あ、ところであのペガサス、迷子みたいなんですけど……」

「ああ、つまり送り届けてくださったのですね。そうとは知らず失礼なことを……」

「いや本当にやめてください普段通りでお願いします」

これが始祖龍《しそりゅう》の力なのかな。レジェは寝てるだけだけど。我関せずとばかりに熟睡してるけど。

「ペガサスは湖の周辺で暮らしている。そちらにも案内しよう」

「あ、戻った……。ありがとうございます、お願いします」

良かった、正直すごく会話しづらかったからね……。ペガサスの迷子の方も無事に解決しそうだ。

あとは気兼ねなくここを探索できるかな。

『ミレイちゃん、あと三十分で二十時だけど大丈夫？』

「え」

慌てて時間を確認すると、十九時半だ。もうちょっと、と思いそうになるけど、今からコボルトさんの里に行ったりペガサスのいる湖に行ったり、なんて時間はさすがになさそう。明日に回した方が良さそうだね。

「すみません。今日はそろそろ帰らないといけないので、明日また来ます」

「そうか。では明日、ここで待っておくとしよう」

ちゃんと明日に引き継げるみたい。安心だ。それじゃあ、れんちゃんと一緒に地上に戻って……。

「おねえちゃん、おともだちになったー！」

「うえ!?」

『草』

『知ってたw』

『テイムしちゃったか……w』

れんちゃんの方に振り返ると、今まで以上に朱雀をもふもふしてる。さっきまでは顔にちょっと触るだけだったのに、今は体に抱きついてる。それでいいの四聖獣《しせいじゅう》さん。

れんちゃんが楽しそうだから私はいいんだけどね。

「れんちゃん、そろそろ時間だから、今日は一度帰ろっか」

「え……。もう……？」

「うん……。ごめんね。でも、これぱっかりはね……」

遊んでいたい気持ちは分かるし遊ばせてあげたいけど、病院との約束を破るとゲーム禁止とかになりかねない。それだけは絶対に避けたいところ。

でもそこまで言わなくても、れんちゃんは残念そうにしながらも朱雀から離れた。コボルトさんたちの方へと駆け寄って、

「おじゃましました！」

ぺこり、と頭を下げた。

『れんちゃん偉い』

『挨拶できて偉い』

『それに比べてミレイは……』

「い、今からしようと思ってたよ！」

当たり前じゃないか失礼しちゃうなあ！……いや忘れてたけど……。

「それじゃ、また明日。今日はありがとうございました」

「ああ」

「またね！」

手を振るコボルト親子に見送られて、私たちはレジェの下へ。帰ることを察してくれてたみたいで、いつの間にか起きて私たちを、というよりれんちゃんを見つめてた。

「レジェ、かえるよー！」

レジェが尻尾で私たちを背中に乗せてくれる。ちなみにペガサスもまだ一緒だ。そう言えばこのペガサス、れんちゃんがテイムしちゃってたけど、両親に会ったらどうなるんだろうね。テイム解消、とか……？　れんちゃんが泣かないといいんだけど……。

明日のことをちょっぴり不安に思いつつ、レジェと一緒に地上、れんちゃんのホームに戻った。

最後にたっぷりラッキーやリルたちをもふもふして、満足してログアウトするれんちゃんを見送ってから。アリスから個人チャットの申請が入った。

「はいはい。どうしたの？」

『ミレイちゃん、明日、配信前にちょっとだけいいかな？』

「うん？」

『コボルト着ぐるみ作ってみた』

「言い値で買おう」

『いや、あげるから』

明日はコボルトれんちゃんです。

配信三十七回目『れんちゃんと幻大陸探検！』

「はい。というわけでですね。今日は幻大陸の探検、という内容でお送りするわけですよ」

『なんかはじまた』

『なんかの物まね？』

『分からないけど似てない』

「分からないのに何の評価なの？」

ちなみに何となくでやっただけで物まねじゃない。

時間は十八時。れんちゃんはログインして恒例のもふもふタイム中。ラッキーを含む子犬たちと戯れてる。そんなれんちゃんを眺めながら、私は隣にいるアリスに話を振った。

「ゲストはアリスです」

「配信前に渡したいものがあるって言ったのに帰らせてもらえませんでした」

『拉致監禁は犯罪だぞ！』

『おまわりさん、こいつです！』

『おまわりさんです。……えっと、両方とも変質者では……？』

『草』

「うるさいよ」

「ひどくないかな!?」

配信前にログインしてアリスからお手製のコボルト着ぐるみをもらったんだけど、どうせだから一緒に幻大陸に行こうということになった。ただそれだけ。

ちなみにルルも誘ったんだけど、自分の方の幻大陸を攻略したい、だそうで。とっても長い葛藤の末、断られてしまった。

「ルルからは幻大陸の攻略を理由に断られたんだけど、攻略するようなことあるの？」

『ソロ専用ダンジョンがある』

『報酬はちょっと特別なエサとか、お楽しみアイテムらしいぞ』

「え、なにそれ。ちょっと気になる」

れんちゃんがいない時に挑戦してみようかな。いやでも、ルルが本腰を入れるぐらいなら、私だと絶対に攻略できない気がする。ルルにどんな感じだったか聞いてみよう。

『ルルは面白いアイテムがあったられんちゃんにプレゼントするんだって意気込んでたぞ』

『れんちゃんに同行か、れんちゃんのために攻略か、めちゃくちゃ葛藤してるルルが想像できるw』

ルルなら一緒に来てくれるかなって思ってたんだけど、なんだか納得してしまった。私たちがダンジョンを見つけてもまだ当分入らないだろうし、それならと先に見に行ってくれたんだね。

それじゃ、ダンジョンの情報はルル待ちということで……。私たちは早速、昨日の続きだ。

「れんちゃん、そろそろ行くよー」

「はーい」

子犬たちを最後に一撫《ひとな》でして、頭にラッキーを載せて、れんちゃんが戻ってくる。昨日の小さいペガサスも一緒だ。すっごく仲良くなったみたい。

「その子が昨日の配信のペガサスだね。意外ともふもふしてる……」

「なんとなく馬ってさらさらなイメージだったけど、この子はもふもふ馬さんだね」

『もふもふ馬さん』

『かわい……かわ……。なんか変』

失礼な。自分でもいまいちよく分からない発言だったと思うけど。

昨日と同じく、レジェの背中に乗せてもらう。そのまま空の幻大陸へ。到着までの微妙な時間は何しようかな。れんちゃんと遊ぼうかな。

そう思ってたんだけど、れんちゃんはペガサス自慢に夢中だった。

「もふもふ！」

「うん。もふもふしてるね。かわいいなあ」

「もふふも！」

「うんうん。ふんわりやわらかだね。かわいい」

「もふー！」

「う、うん！　もふー！」

『会話が成立してるようで成立してないｗ』

『アリス適当に返事してただろｗ』

見たところそんな感じだったね。返事ができてただけでも十分だと思うけど。

うん。これはこれで面白いから、二人の様子を眺めよう。

「………………」

「アリスから助けを求める視線を感じるけど、残念ながら私は気付いていません」

『見捨てやがったｗ』

『もふもふ自慢するれんちゃんかわいい』

アリスに任せて、私はれんちゃんをのんびり眺める。今日もれんちゃんはとってもかわいい。


幻大陸ではコボルトさんたちが待ってくれていた。時間とか言ってなかったから、もしかしてずっと待ってくれてたのかな。そうだったらちょっと悪いことをしちゃったかもしれない。

ちなみに待っていたのはコボルトさんたちだけじゃない。

「鳥さん！」

朱雀《すざく》も待ってくれてた。朱雀の場合はれんちゃんを、だろうけど。

ちなみに朱雀は地上では呼び出せなかった。多分、何かしらの条件を満たさないと召喚できない、とかそんなのがあるんじゃないかな。幻大陸のイベントをこなさないといけないとか。

詳しくは分からないから、もう少しここを調べてから、だね。

朱雀の顔をなでなでして、次に体に抱きついてぎゅっとするれんちゃん。ふんわりと幸せそうに笑ってる。見ていてほっこりしちゃうね。

でもさすがにコボルトさんたちが困ってるから、止めないといけない。私としてはこのまま朱雀と遊ぶれんちゃんを眺めていても満足なんだけど。

「れんちゃん。コボルトさんたちが待ってるよ」

「あ！」

はっとして振り返るれんちゃん。本当に忘れてたらしい。それだけ朱雀が魅力的だったってことだね。仕方ない。コボルトさんたちが苦笑してるけど、仕方ない。

れんちゃんは朱雀を最後にぎゅっとしてから、コボルトさんの方へ。

「こんにちは！」

「ああ。こんにちは」

「あの、あの……！　触ってもいいですか！」

「どうぞ」

コボルトさんは笑いながら右手を出した。ぱっと顔を輝かせたれんちゃんがコボルトさんの腕をそっと触る。大人のコボルトさんもやっぱりもふもふだ。さすがに子供のコボルト、ココちゃんほどではないけど。

コボルトさんはれんちゃんにもふもふされながら、私を見て言った。

「ささやかではあるが、歓迎の宴《うたげ》の用意をしている。宴といっても、料理程度しかないが……。よければ、参加してくれると嬉《うれ》しい」

「あ、はい。えっと……。ありがとうございます」

コボルトさんが変なことを言ったわけじゃない。言ったわけじゃない、けど……。れんちゃんにもふもふされながらそんなことを言うから、どうにも反応に困ってしまう。

『真面目な空気をもふもふで壊しているスタイル』

『いつの間にかもふもふがココちゃんにうつってるw』

『ココちゃんの困惑っぷりよ』

一応ちゃんとココちゃんに確認はしてたみたいだけど、当然のようにもふもふしてるね。ただ、れんちゃんの視線はコボルトさんたちの尻尾に釘付《くぎづ》けだ。ふわふわの尻尾が気になってるみたい。普段のウルフたちよりも大きいからね。

ディアの方が大きいとは思うけど、それとはまた違った感じで興味を引かれてるのかも。

「れんちゃん、だめだよ」

「う、うん……」

頷《うなず》いて、こっちに戻ってくるれんちゃん。私も彼らの尻尾には興味があるけど、さすがにコボルトさんだからね。二本足で立ってるからね。

「それに、漫画とかだとああいう尻尾って弱点なことが多いよね。こう、変な感じになるってやっ」

「ミレイちゃん、何言ってるの……？」

『まずいですよ！』

『言いたいことは分かるけど、あかんやつ』

『ミレイが読んでる漫画のチョイスが謎すぎるんだがｗ』

面白いって聞いたらなんでも読むだけだよ。少年少女関わりなく。好き嫌いはしない。

もふもふから解放されたことで、改めてコボルトさんの里に案内してもらうことに。ちなみにレジェはやっぱりお留守番。丸くなってお昼寝してる。でも、れんちゃんが行ってきますって手を振ったら、尻尾をふりふり振ってた。

「始祖龍《しそりゅう》は犬だった……？」

「やめてあげて」

『始祖龍《しそりゅう》（犬）』

『むしろ始祖犬』

『なんか一気にしょぼくなったなｗ』

レジェに怒られそうだからこの話題はストップだね。次会ったら、がぶっとされそう。

森をのんびり歩いてたどり着いたのは、木造の小屋がたくさん並ぶ集落だった。集落の周囲には畑もあって、果物とか野菜とか育ててるらしい。

今日はちょっとした宴会ということもあって、住人の皆さんは集落の中央にあるちょっとした広場に集まってくれてる。まあ、宴会といっても、みんなで飲んで食べるだけ、らしいけど。

「飲み物も出してもらったけど、当然ながらジュースだよ」

『酒は？　酒はないの？』

『ゲームで酒飲んでも酔わないだろうに』

『ばっかお前、飲んだ時のあのカッとする感覚がいいんだよ！』

『お、おう』

当然ながら分からない。お酒は一度も飲んだことないからね。

宴会だけど、三十分程度の短いものだった。本当にみんなで飲んで食べるだけ。誰かが芸をするなんてこともなく、平和に終わった。

でも、れんちゃんにとってはとっても楽しい時間だったみたい。

「にゃんこ！　わんこ！　いっぱい！」

「いっぱいだったね」

「うん！」

コボルトさん以外にもいわゆる獣人さんはたくさんいて、猫みたいな獣人さんもいた。他にもたくさん。あの集落には二足歩行の幻獣たちが集まって暮らしてるんだとか。

なんか集落の歴史とか語ってくれたけど、私はあまり興味がなかったからアリスに押しつけて、獣人さんたちと遊ぶれんちゃんを眺めてました。

「許せアリス。あなたの屍《しかばね》は無駄にする……」

「せめて無駄にしないで」

何も聞こえません。

れんちゃんが獣人さんの尻尾に興味津々なのはみんなが気付いていたみたいで、触らせてもらってた。みんなの尻尾を触っては感動するれんちゃんを獣人さんたちも気に入ってくれたみたいで、れんちゃんはずっと獣人さんに囲まれて楽しそうで。

「見てて鼻血が出そうになったよね。うんうん」

『いやお前だけだから』

『もうやだこの姉……』

『こんな姉で大丈夫じゃない手遅れだ』

『ついに自己完結したw』

うるさいよ。

あの宴会だけど、お手軽に情報収集できる場も兼ねてたみたいで、いろんな人から他の幻獣の住む場所を教えてもらえた。もちろんペガサスが住む湖の行き方もばっちり教えてもらいました。今はそこに向かってるところ。

コボルトさんが案内してくれるはずだったんだけど、湖までにいろいろ寄り道できそうだったから、今回はごめんなさいした。気ままに森を歩いてる。

「最初は、みんな大好きカーバンクルの住処《すみか》だね」

『カーバンクルと言えばカンクルさん』

『カンクルさんの出身地だったりして』

『いやでも、他のカーバンクルは見つかってないし、あり得るのでは』

どうなんだろう。カンクルに聞けば分かるかも。

森の中を歩いていると、少しずつ雰囲気が変わっていった。雰囲気、というか、なんだか木々が微妙に緑色になってるような……。緑というか、言うなればエメラルド色というか。明るい緑だ。木々そのものが変質してるような、そんな感じ。

「わあ……。きれい！　ラッキーみてみて、きれい！」

れんちゃんはちょこちょこ走り回っていろんな木を観察してる。触ってみたり、匂いを嗅いでみたり、ぺちぺち叩《たた》いてみたり。ラッキーもれんちゃんの頭の上でふんふんと花を動かしててとってもかわいい。ペガサスはそんなれんちゃんの後ろをのんびりついて回ってる。

アリスも木を叩いてみたりちょっと削ってみたり枝を折ってみたり……。ちょっとまて。

「アリス？　何やってるの？」

「え？　素材になるかなって」

『ちょｗｗｗ』

『さすがアリス、生産に一直線だな！』

『でもわりとどん引きだぞ！』

「う……」

頬を引きつらせるアリス。正直私もちょっとびっくりした。きれいとか思う前に素材になりそう、だなんて。さすがと言えばいいのか、判断に困るね。

「む？　珍しい客人が来ているとコボルトのやつらから聞いとったが、れんちゃんのことか」

「え」

そんな、聞き覚えのある声に顔を向ければ、れんちゃんの側《そば》に透き通るような青いふわふわの毛の小動物。もちろん額には赤い宝石。

「久しぶりじゃのう、れんちゃん。ミレイ。そして初めまして、そこの者。儂《わし》こそがカン……」

「カンクルさんかわいい！」

「むぎゅう」

『また名乗りを潰されたｗ』

『れんちゃんは狙ってやってんのかなw』

『多分たまたまだと思うんだ……』

カンクルを早速捕まえてもふもふし始めるれんちゃん。カンクルは最初、何とも言えない表情だったけど、すぐにとろけたような表情に。とっても気持ち良さそうだ。

「うむう……。やはりれんちゃんは良いもふりすとになれる素質があるのう。どれ、れんちゃんや。もふりすとの専門学校に通う気はないかの？」

『なんて？』

『もふりすとの専門学校ｗｗｗ』

『そもそもとしてもふりすとがわりと謎なのに専門学校まであるのかよｗ』

なんだろうね。もふりすと。そんなスキルがあるような気がしてくるよ。いや、ないよね……？

「カンクルさんはどうしてここに？　遺跡はいいの？」

「んむ……。そこじゃ、そこじゃよれんちゃん。そこがええんじゃ……」

「いや聞けよ」

『草』

『完全に無視されてる、というか話しかけられたことに気付いてすらいなさそうｗ』

『れんちゃんに骨抜きにされてる……』

れんちゃんのもふもふ技術が高すぎるのかな。カンクルさんのお腹《なか》を撫で回してるだけのようにも見えるけど、きっと何かがあるんだろう。

うん。これ、私じゃなくてれんちゃんに聞いてもらった方がいいかも。

というわけで。

「れんちゃん。私の後に繰り返してね」

「はーい」

れんちゃんに代弁してもらいましょう。

「カンクルさん、ここにいていいの？　いせきは？」

「儂もずっとあそこにいるわけじゃないからの。たまには里帰りしておるよ」

『ほうほう。ということは、本当にここがカンクルさんの故郷なのか』

『もしかしてここに張り付けばカンクルさんと会える……？』

『普通に遺跡に行った方が早いんだよなあ』

たまに会える程度と思った方がいいだろうからね。カンクルさんの話を信じるなら、だけど。システム的に考えてしまうとそもそも私たちじゃ分からない。

次はやっぱりこれだね。

「カンクルさんの他にカーバンクルさんはいないの？」

「たくさんおるよ。今も遠巻きにお主らを見ておる」

「え!?」

あ、れんちゃんが反応した。視線があっちこっちに。私も探してみるけど、見つけられない。

「ミレイちゃん。特殊な魔法とか使われてるんじゃないかな？　カーバンクルなんだし」

「なるほど。れんちゃん」

「はーい。カンクルさん。カーバンクルさんたちにも会いたいなあ」

「ぬう……」

おや、不満げだ。すぐに会う方法を教えてくれると思ってたんだけど。何か他に条件でもあるのかな。何かやり残してることとかあったっけ？

「もう少しれんちゃんのもふもふを独り占めしたかったんじゃがのう」

「おい」

『草』

『れんちゃんの興味が自分以外に向いてしまうのが嫌だったと』

『俺の知ってるカンクルさんと全然違うw』

淡泊でクールってよく聞くんだけど、どう見てもそんなのとは無縁だよねこのもふもふ。自分の欲望に忠実だよ。

「んー……。カンクルさん、だめかな……？」

「仕方ないのう！」

『草通り越して森』

『れんちゃんのお願いは叶《かな》えてあげないといけないよね！』

『気のせいか、カンクルさん、ミレイに似てきてないか？』

「あー……」

「アリス？　なんで納得してるの？」

コメントを読んでるアリスが何度も頷いてるんだけど。私、あんな感じだっけ？

カンクルさんはちょっとだけ名残惜しそうにしながら、れんちゃんから少し離れた。そのまま目を閉じてしまう。てっきり鳴き声で呼ぶと思ったんだけど。

「呼ばないの？」

「念話で呼んでおるんじゃよ」

「ねんわ!?」

『なにそれすげえ！』

『そんなスキルあんのかよ！』

『多分カーバンクル専用なんだろうけど、くっそ羨ましい』

「そんなスキルあるんだね」

念話っていいよね。憧れる。私も使ってみたい。個人と会話ができるってことだよね。……あれ？　会話って、できたような……？

「何を言っておる。お主らも使えるじゃろう。お主らは、なんだったか、ちゃっと、だったか？

そんな名称だったとは思うが」

「あ、はい……」

『あのチャット、ＮＰＣには念話みたいなものと認識されてるのか……ｗ』

『言われてみれば、確かにやってることは念話だなこれ』

『つまり教えてもらうことはできないと……。ちくせう』

残念だけど仕方ないね。覚えたところで、チャットで済ませられるなら使い道なさそうだし。

少しだけ待つと、たくさんの青い小動物が集まってきた。みんな額に宝石がついてる。青い毛皮は同じだけど、額の宝石は色とりどりだ。すごくたくさんいて、足下に集まってきた。

「わあ！」

れんちゃんが早速一匹抱き上げる。もふもふこちょこちょすると、カーバンクルは気持ち良さそうにしてる。いいなあ。私もやっていいかな……。

足下に集まってきたカーバンクルを抱き上げてみる。おお、すっごくふわふわ。何この子めちゃくちゃかわいい。抱き心地がすごい。

「一匹お持ち帰りしたい……」

「ミレイちゃんに同じく。テイムできないかな……」

テイム、してもいいかな……？　試しにエサを一つあげてみた。美味《おい》しそうに食べてくれたけど、テイムはできなかった。まだ一回しか試してないから分からないけど、成功率がとても低いかもしれない。

『少なくともテイムの報告はないな』

『テイムできない説が有力』

その可能性もあるかな……。時間がかかりそうだし、たまに試す程度にしておこう。

「ふむ。儂の仲間を連れて行きたいのか？」

私がエサを上げてることに気付いたカンクルさんがこっちに歩いてくる。仲間を連れて行くな、みたいに怒られるかな、と思ったけど、違うみたい。むしろちょっと誇らしげだ。

「皆とても良い子じゃ。れんちゃんの良き遊び相手になるじゃろう」

「あ、そうです？　みんなかわいいですしね」

「うむうむ。可能なら儂が行きたいほどじゃ」

「あはは－。聞かなかったことにしておきます」

『遺跡はいいのかカンクルさんｗ』

『遺跡よりれんちゃんの方が魅力的だからね！　仕方ないね！』

遺跡にこもるなられんちゃんと遊ぶ方が有意義なのは認めます。

「ところで、じゃ。我らの卵を持っておらんか？」

「え」

なにそれ。カーバンクルの卵なんて持ってるわけが……。

「ミレイちゃん。れんちゃんがガチャで出した卵のことじゃないかな？」

「あー……」

言われて思い出した。れんちゃんが引き当てたガチャの卵、まだ使ってなかったね。れんちゃんを呼ぶと、たくさんのカーバンクルにまとわりつかれたままれんちゃんが来てくれた。なんだかすごいことに……。

「みんなもふもふ」

「う、うん。遊んでるところ、ごめんね。インベントリから卵、出してもらっていい？」

「たまご？」

首を傾《かし》げながらも、れんちゃんがインベントリを開いてくれる。私にも見せてくれたので、一緒に探します。おお、さすがれんちゃんのインベントリ、エサとかモンス用のおもちゃとかがいっぱいだ。

それらのアイテムの中に、ぽつんとそれがあった。幻獣の卵。

「これだね」

「なにこれ……？」

「うん。れんちゃんが抽選で当てたんだよ。それ、出してもらえる？」

うん、と頷いてれんちゃんが卵を取り出してくれる。その卵をカンクルに見せると、地面に置くように指示された。

「うむうむ。まさしく我らカーバンクルの卵じゃの」

「そうなの……？」

幻獣の卵には、孵《かえ》らせると幻獣が生まれて、幻獣はランダムで選ばれる、てなってるんだけどね。

私たちにも種類は分からなかったんだけど……。

「どれ。儂が祝福をかけてあげよう。ええかの？」

「えっと……。つまりどういうこと？」

ちょっと意味が分からないので視聴者さんに聞いてみる。もしかすると初めてのイベントかもだけど、他のゲームで似たようなことがあるかも。参考にはなると思う。

『多分だが、本来ならランダムだけどこのイベントで確定させられるってことじゃないか？』

『カーバンクルだけじゃなくて、他の幻獣でも似たようなイベントがあるかも』

『カンクルから祝福してもらったら確定する、みたいな感じか？』

ほうほう。つまりカーバンクルとお友達になりたかったら、今祝福してもらったらいいってことだね。

私としては問題ないけど、この卵の持ち主はれんちゃんだ。れんちゃんに決めてもらおう。

「れんちゃん、カーバンクルとお友達になりたい？」

「なりたい！」

はい。というわけで、確定です。カンクルさんに頭を下げた。

「お願いします」

「うむ。任された」

カンクルが鼻先で卵をつつき、前足でぺしぺし叩く。そしてまた鼻先でつついた。

「完了じゃ」

「…………。祝福？」

「うむ」

『つついて叩いただけにしか見えないがw』

『孵らせてみれば分かるんじゃないかな！』

それもそうだね。

「れんちゃん、卵を孵らせよっか。卵を軽く叩いてみて」

「んぅ？　こう……？」

「何か出てきた？」

「えっと……。かえらせますかって出た！」

「はい、をタッチ」

「はーい」

れんちゃんが手を振ると、すぐに卵にひびが入った。そしてすぐに卵が割れて、小さなもふもふが顔を出して。とても、とっても小さなカーバンクルが卵から出てきた。

「わあ！　かわいい！」

早速れんちゃんが抱き上げると、小さいカーバンクルがれんちゃんをぺろぺろ舐《な》めてる。すごくいい。かわいい。

「無事に生まれたようじゃの。では早速名前をつけてあげてくれるかの？」

「カンクルさん！」

「儂なんじゃが」

れんちゃんの中で、カーバンクルの名前としてのカンクルが大きくなりすぎてるのかも。でもすぐにだめだと思ったみたいで、むむむ、と考えて。

「くるくる！」

「くるくる……」

『クルクルｗ』

『またかわいい名前だなｗ』

『カンクルさんにめっちゃ影響されてそうｗ』

ま、まあ、いいんじゃないかな！

「う、うむ。良い名前じゃ。大事に育ててあげておくれ」

カンクルさんもちょっと苦笑気味だ。でも問題はないみたいなので、くるくるに決定です。れんちゃんと遊び相手になってくれると嬉しいな。

せっかくだし、私も抱かせてもらう。おお、ちっちゃいふわもこ……。

「ミレイちゃん、結構時間経《た》ってるけど、大丈夫？」

「あ」

おっとそうだった。私たちの本来の目的はペガサスだ。カーバンクルと遊んでばかりいると、ペガサスに会えなくなっちゃう。名残惜しいけど、そろそろ次に行こう。

「れんちゃん、そろそろ行こっか」

「うん」

「なんじゃ、もう行くのか？」

いつの間にかれんちゃんの腕の中に戻っていたカンクルが聞いてくる。いや、本当にいつの間に戻ったの？　足下のカーバンクルたちはちょっとだけ不満そうにも見える。場所を奪い取ったりとかしたのかな。

「他の幻獣の住処を巡って、ペガサスのところまで行きたいから、あまり時間はなくて」

「ふむ。そこのペガサスの子が理由かな？」

「そういうことです」

察してくれると助かるね。何度も説明するのも、ちょっとだけ面倒だから。

「それなら仕方がないのう。れんちゃんや、また会いに来ておくれ」

「うん！」

『田舎のおばあちゃん味を感じる』

『わかるｗ』

『カンクルおばあちゃん』

「怒られるよ君ら」

カンクルにコメントが見えてるのか見えてないのか分からないけど、私も口を滑らしちゃいそうだからやめてほしい。言いたいことはとても分かったけど。

尻尾をふりふりするカンクルに別れを告げて、次の住処に向かいましょう。

「それにしても、その子、本当にかわいいね」

れんちゃんが抱いてる生まれたてのカーバンクルを見ながらアリスが言う。ちなみに小さいだけで普通のカーバンクルと同じらしい。赤ちゃんからの育成とかはないみたいだね。

だから、一応戦闘にも出せる。まあれんちゃんなら、そんなことはしないだろうけど。

『見た目がほぼ子猫』

『やべえ、俺もカーバンクル欲しくなってきた』

れんちゃんはくるくるに夢中だ。腕に抱いてる子を指先でこちょこちょしてる。抱かれてるカーバンクルも、小さい前足でれんちゃんの手を摑《つか》もうと頑張ってる。

『やべえカーバンクルかわいすぎかよ』

『これは……密猟者が増える……！』

『怖いこと言うなｗ』

密漁とかシステム上ないだろうけど、テイムはどうなんだろう。小さいカーバンクルは卵限定かもしれないけど、普通のカーバンクルのテイムなら……。

「カーバンクルのテイムについては検証勢さんに頑張ってもらわないとね」

『これ……検証勢は徹夜確定だなｗ』

卵からカーバンクルをテイムできるなら、通常の方法でもテイムできる方法があってもおかしくない、とは思う。さすがに調べようとは思わないので、検証勢さんにお任せだ。ちょっと大変だとは思うけど。

でも強制されるわけでもなく自分から好きで調べるって、本当にすごいと思う。

「でもいつも思うの。検証勢さんって本当に変態だなあって」

「ミレイちゃんが言うの？」

「どういう意味かなアリス」

「そのままの意味だよミレイちゃん」

『検証勢はまだ何となく理解できる』

『ミレイの気持ちも、まあ理解できなくもない』

『が、ミレイの行動は理解できないししたくもない』

「うるさいよ！」

検証勢よりはましだと思います！

新しくカーバンクルをお友達に加えて、私たちが次にたどり着いたのはちょっとした岩場だ。岩場と行っても荒れ地じゃなくて、草原に大きな岩がいくつもある。あと、岩には扉とか窓とかもあった。大きさを考えると人間用じゃないと思う。

「おねえちゃん、ここなあに？」

「えっと……。コボルトさんからはケットシーの住処って聞いてるけど……」

「けっとしー？」

「猫の妖精だよ、れんちゃん」

アリスの短い説明に、れんちゃんが顔を輝かせた。れんちゃんはにゃんこも大好きだからね。ケットシーをにゃんこと同じ扱いにしていいかは微妙なところだと思うけど。

「にゃんこ！」

「そう！　にゃんこだ！」

「にゃんこじゃにゃい！」

どう見ても聞いてもにゃんこだね。語尾がにゃだし。

いやちょっと待って。

岩の上に、二本足で立つ猫がいた。偉そうに前足を組んでる。でもどれだけ偉そうにしてても、小さくてかわいいから、生意気な子供にしか見えない。

そしてそんなケットシーは。

「にゃんこ！」

早速れんちゃんに捕獲された。

「にゃ!?　何するにゃ！　やめるにゃ！　僕はこれでもとっても偉いケットシーにゃ！」

「もふもふこちょこちょ……」

「ふにゃあ……。気持ちいいにゃあ……。そこ、そこがいいにゃあ……」

『即オチ二コマなんてレベルじゃねえw』

『知ってるかい？　ケットシーって、猫の貴族なんだぜ』

『猫の貴族（笑）』

『今回ばかりは（笑）も許そう』

なかなか敵対心がありそうだから、もしかすると友達になるまで時間かかるかも、なんて思ったけど、そんなことはなかったね。

気付けば他のケットシーも岩の家からぞろぞろ出てきたから、私も一匹抱いてみる。これは良いもふもふです。

「そう言えば、ケットシーは喋《しゃべ》るんだね」

「もともとそういう妖精だからじゃないかな？　どこかの国の伝承で、人語も話せる賢い妖精だったと思うよ」

アリスの説明にも納得だ。確かにケットシーの所作からは知性が感じられる。

「ごろごろ……」

知性が感じられ……。

「ふにゃあ……ええにゃあ……」

知性……。

「いや、やっぱり知性なんて感じない。ただの猫だ」

「いきなり失礼すぎにゃいか？」

『草』

『でもミレイに同意だなこれはｗ』

『話せる以外はただの猫ｗｗｗ』

あまり大声で言えないけど、普通の猫の方がかわいいまである。

「ミレイちゃん、そんなこと言ったら失礼だよ？」

「おお！　そうにゃ！　もっと言ってやるにゃ！」

我が意を得たとばかりにアリスに向かって叫ぶケットシー。アリスはそのケットシーに頷いて、
笑顔で言った。

「ケットシーと同列に扱うなんて猫に失礼だよ」

「にゃ!?」

『アリスwww』

『そっちかいw』

『ついにアリスまで悪のりしちまったよw』

「あ、ごめんね。間違えちゃった」

「い、言い間違いは誰にでもあるにゃ！　気にしないにゃ！」

「建前じゃなくて本音が出ちゃった。ごめんね」

「何のフォローにもなってにゃい！」

『アリス遊んでるなあw』

『すごく丁寧にボケを拾ってくれる、これはとてもいい猫』

『判断基準おかしいぞw』

まあ、かわいくはあるんだけどね。ただ威厳は欠片《かけら》もないよ。だって、私たちと言い合ってる間も、れんちゃんにもふもふされてるんだから。れんちゃんももふもふが楽しいのかこっちには無反応だし。

「うにゃあ……。気持ち良すぎるのが悪いんにゃ……。この子はとっても良いもふりすと……」

「また出たよもふりすと」

『カーバンクルだけの話じゃなかったのか』

『ここまで来るともふりすとが気になってくるなあw』

『実は選ばれし勇者と同じものなのでは……？』

『勇者はもふりすと……。つまり、ラストダンジョンのケルベロスたちはジェガのテイムモンスだった……？』

何か変な新説が出てきたけど、さすがに違うと思う。れんちゃんがテイムしてるぐらいだから。他のケットシーもほとんど猫だったけど、素直に感想を言ってくれるのは新鮮だ。喉元をこちょこちょするとくすぐったいって言うし、頭を撫でるとちょっと恥ずかしい、なんて言ってくる。良いか悪いかは微妙なところ。感想を言われると、やっぱりちょっと撫でづらい。猫とお話しできるのは素直に嬉しいけど。

「よし、できた！」

「ん？　アリス何して……、いや本当に何してるの!?」

なんかこの子いつの間にかおもちゃ作ってるんだけど！　しかも猫じゃらし！　なにそれ楽しそう私も欲しい！　でもさすがに一個だけしか作らなかったみたいで、アリスはそれをれんちゃんに渡していた。

受け取ったれんちゃんはぱっと顔を輝かせると、ケットシーを地面に下ろして、猫じゃらしを振り始めた。

「な、なんにゃ？　そんなへんてこなもの振り回しても、何もしないにゃ」

そんなことを言いながら、その視線は猫じゃらしを追っていて……。

「てい！」

途中から捕まえようとがんばり始めた。なにこれかわいい。

『本能には勝てなかったよ……』

『やっぱり猫には猫じゃらしやな！』

『猫じゃらしで猫と遊ぶれんちゃんかわいい』

『猫じゃなくてけっと……、いや猫だわこれ』

やはりケットシーはただの猫だった……？

たっぷり遊んで、次へ向かうことに。ケットシーはもっと遊びたそうだったけど、また今度、ということになった。今回はれんちゃんも遊んでばかりだったみたいで、テイムはしてないみたい。

いや、でもできるのかな。どっちかというと、ケットシーって獣人の方じゃないかな……。

私が考えても分かるわけがないので、とりあえず次だ。そろそろ時間も十九時過ぎと微妙なところになってきたし、真《ま》っ直《す》ぐペガサスの住処、湖に向かうとしよう。

ケットシーの住処からまた森に入って、さらに奥に進んで……。十分ほど歩いたところで、大きな湖にたどり着いた。とっても広い湖だ。水はとっても綺麗《きれい》で、魚が泳いでるのもはっきりと見える。

「うみー！」

「れんちゃん、湖だよ。海じゃないかな」

「そっかー」

「そうなのだー」

『なんかほのぼのしてる……』

『海を直接見たことなかったら、勘違いするのも無理はない……のか？』

れんちゃんはさっそく湖に近づいてる。湖岸から手を伸ばして、水をぱちゃぱちゃ。ちょっと危ないかなと思うけど、あまり深くはないみたいだから落ちても大丈夫。

ちなみにコボルトさん曰《いわ》く、砂浜になってるところもあるから、時間がある時は遊んでいくといい、とのことで。今日はちょっと微妙だけど、別の機会に砂遊びとかしてみたい、
ちなみにペガサスはれんちゃんの隣で水を飲んでる。仲良しさんだ。

「ミレイちゃん。ペガサスはこの辺りに住んでるんだよね？」

「らしいよ。ただ、湖の周辺で暮らしてるってだけで、明確な住処はないらしくて……」

湖をぐるぐる移動しながら生活してる、らしい。食べ物を探しながら歩いてるのかな。

というわけで、私たちもぐるぐる移動しながら探す……、なんてことはしない。さすがにそれじゃ見つけられる気がしないから。

「仲間がどこにいるか分かる？」

れんちゃんの側で寛《くつろ》ぐペガサスに声をかけてみる。ペガサスは私をちらっと一瞥《いちべつ》してから、森の奥の方へと首を向けた。そっちにいるのかな？

「れんちゃん。あっちだって」

「はーい」

れんちゃんが立ち上がって、こっちを見て……。いや何持ってるのれんちゃん。

「おさかなさん！　この子が取ってくれたの！」

れんちゃんの足下でカーバンクルが胸を張ってる。かわいいけど、どうするのあのお魚。えっと、食べるの？　食べられるのかなあれ。

「おいしいおさかな！」

「あ、食べるんだね……」

私としては食べるのはいいんだけど……。えっと、調理するのは誰になるのかな。アリスとか……。

「料理スキル持ってないんだけど」

「裁縫はカンストしてるのに……」

「いや、裁縫と鍛冶に全力だったから他がね……」

アリスに目を逸《そ》らされた、本当に料理スキルは持ってないらしい。私は、一応料理スキルは持ってるけど、そんなに高くないんだよね。むしろかなり低い方。

『そうなん？　でもれんちゃんのお弁当とか作ってなかったか？』

『白虎《びやっこ》の時とか、結構美味しそうなお弁当だったけど』

「それ、スキルに頼ってない、純粋に私の技術。一応料理ぐらいできるからね？」

れんちゃんに食べさせてあげたくて、料理は頑張って覚えた。だから、とは言わないけど、お菓子作りの方が得意だ。

『ミレイの手料理……？』

『れんちゃん逃げて、超逃げて！』

『これはやべー弁当……！』

「そんなわけないでしょ」

自分で食べるものよりもよほど気を遣ってるよ。

「リアルでも調理したことのあるものなら、ある程度のことならできる自信はあるんだけど……。さすがに、こっちの魚はね……」

しかもれんちゃんが持ってきた魚、何故《なぜ》か虹色に輝いてる。綺麗、なのかもしれないけど、ちょっと不気味だ。どうやって調理したらいいものやら……。

「ミレイちゃん、無難に焼いてみたら？　塩なら私も持ってるし」

「それもそうだね……。変なことして失敗しても嫌だし」

適当に小枝を集めて、火を付ける。火は魔法でさくっと。むしろ枝を集める方が大変だった。

たき火をしつつ、魚に木の枝を刺して火の側へ。準備してる間にカーバンクルが追加の魚を捕ってきてくれたから、それも。最終的に六匹になった。私とれんちゃん、アリス、ラッキー、カーバンクルにペガサスと一匹ずつ食べられる。

少し待つと、すぐに香ばしい香りが鼻をくすぐってきた。焼いただけなのにすごく美味しそう。

『見た目微妙なのに焼いたら美味しそうなのずるい』

『ただの焼き魚のはずなのにメシテロになってるw』

『ちょっとこの配信が終わったら魚買ってくる……』

みんなも食欲が刺激されてるらしい。気持ちは分かる。私もこれ、見るだけだったら絶対に魚を食べようとしたと思うから。

うん。そろそろいいかな……？

まずは私が食べてみる。失敗してたら別の何かを考えないといけないし。

「見た目は、いつの間にか虹色が消えちゃってるね。鱗《うろこ》についてた何かだったのかな……？」

「んー……。もしかしたら魔法の何かだったのかも。魔法で防御してて、死んじゃったから解除されたとか」

「ああ、なるほど。それっぽい」

「というより、リアルみたいに説明できないことは何でも魔法を理由にすればいいと思う」

「なるほど！」

『それは違いないｗ』

『魔法で物理法則すらねじ曲げてもおかしくないからなあ』

『普通に考えたら火を吐く生物とかやばすぎると思うの』

火だけじゃなくて冷気とか雷も吐いてくるからね。魔法すごい、で済ませていいと思う。

では、一口目。おそるおそるかじってみると、ぱりっと気持ちの良い音がした。音だけでもすごくいい。しっかりと味わってみる……。

「んー……。すごくジューシー。食べた瞬間にこう、じゅわっと。ただ焼いただけなのにすっごく美味しい。醤油《しょうゆ》とかつけたらもっと美味しいかも」

『抽象的過ぎるけど美味しそう』

『あかん、もう無理、ちょっと焼き魚買ってくる』

『ミレイの人でなし！』

「なんで？」

お魚食べて感想を言っただけなのに、人でなしなんて言われるとは思わなかったよ……。

れんちゃんもお魚をぱりっと食べて、大きく目を見開いて。もぐもぐはぐはぐ、勢いよく食べ始めた。アリスも無言で食べてる。モンスたちは、元から話せないからね……。でも、両足で支えてやっぱり美味しそうに食べてる。作ったかいがあったってものだ。

そうして食べてる間に、森の奥から歩いてきた子たちがいた。れんちゃんとお友達になった小さなペガサスよりもずっと大きなペガサス。競馬とかで見るサラブレッドよりもちょっと大きいかも。

そんなペガサスが五頭、こっちに歩いてきてる。アリスは気付いて口をあんぐり開けてるんだけど、れんちゃんはまだ気付いてない。お魚に夢中だ。美味しいからね、仕方ないね！

『れんちゃんがなかなか気付かないなw』

『アリスはとりあえず口閉じろ。女の子がしていい顔じゃないから』

「はっ」

慌てて口を閉じるアリス。思わず笑っちゃったら睨《にら》まれた。うん。ごめん。

さて。そろそろ教えてあげようかな。

「れんちゃん。後ろ」

「んぅ？」

もぐもぐしながら振り返るれんちゃん。大きなペガサスを見て、一瞬固まった。そしてれんちゃんが次に取った行動は！

「もぐもぐ……」

「いや食べ続けるの!?」

ペガサスよりも食欲……!?

『これは草』

『まさかのもふもふよりもお魚w』

『れんちゃんだからペガサス最優先だと思ったのにｗ』

「はぐはぐ。たべものはそまつにしちゃいけないっておねえちゃんが言ってた」

『ほほう』

『ミレイが珍しく姉らしいことをしてるｗ』

『ああ、そう言えばミレイってお姉ちゃんだったな』

「褒めるのか貶《けな》すのかどっちかにしてくれない？」

でもなるほど。ちゃんと守ってくれてるんだね。ゲームのアイテムだからどっちでもいい、と言いたいところだけど、悪いことじゃないからそっとしておこう。ペガサスたちも待ってくれるみたいだし。

もぐもぐはぐはぐごっくん。お魚を食べ終えてご満悦なれんちゃん。食べ終わった後のゴミを受け取ってあげると、改めてペガサスたちに向き直った。

「わあ……。かっこいい！」

れんちゃんにとって、このペガサスたちはかわいいよりも格好いい方みたいだね。立ち上がって、ペガサスを撫でに行く。優しく、丁寧に。ペガサスたちもれんちゃんのことを気にしつつも受け入れてた。

「んー……。さらさら？　もふもふ？　やわらかい！」

「だそうです」

『すごく気になります……』

『さらさらでもふもふ？』

『両立するのかそれ』

どうなんだろうね。私も撫でてみたいけど、大丈夫かな？　逃げられたりしないかな？

決めあぐねてる間に、ペガサスたちに動きがあった。ペガサスは小さいペガサスに近づいて、鼻と鼻をくっつけてる。その後、子供の方が甘え始めた。

もしかしたら、確認してたのかも。迷子の子がどうか。無事に受け入れてもらえたみたいだね。

子供に近づいてる二頭がご両親かな？

「おねーちゃーん！」

ちょっと微笑《ほほえ》ましくて眺めていると、れんちゃんに呼ばれた。れんちゃんに視線を戻すと、ペガサスにまたがってる。乗れるのか、あれ。

ただ、やっぱり翼は少し邪魔なのか、ちょっと座りにくそうだ。

「おー……。仲良くなったね」

「おねえちゃんも乗せてくれるって！」

「え」

私も、いいのかな？

ペガサスたちは一頭ずつ、私たちの側に来た。もちろんアリスの所にも。本当に乗せてくれるらしい。試しに乗ってもいいか聞いてみると、頷いてくれた。

これってもしかして、子供を連れてきたお礼、なのかな？

「私が連れてきたわけじゃないけど、断るのも失礼だからね。うん仕方ないね」

『早口ｗ』

『何に対する言い訳なんだ』

『恥ずかしがらずに乗ればいいじゃん』

『アリスはもう乗ってるぞ』

アリスを見る。いつもの袴《はかま》だからかまたがることはできなかったけど、横向きに座ってる。ただちょっと不安定で怖いのか、ペガサスの首にしがみついてるけど。

なんだろう。ちょっとかわいいぞ。

「アリスかわいい」

「わ、私は騎乗スキルは持ってないの！　落ちる時は落ちるの！」

「ああ……。なるほど」

騎乗スキルがあれば、多分アリスの乗り方でも落ちることはないと思う。ただあのスキル、必要なければ本当に使わないスキルだからね。これを想定する方が難しいのは確かだ。

「じゃあお留守番でもいいと思うけど」

「そこは好奇心が……！　分かるでしょ!?」

「分かるけど」

やっぱり怖いのか理不尽に怒られちゃった。

とりあえず、私も乗ろう。またがってみると、思ったほど悪くない。鞍《くら》がないから乗りにくいかなと思ったけど、そうでもなかった。乗り心地がいいってわけじゃないけど、痛くなることはなさそう。これならいいかも。

ラッキーとカーバンクルは、それぞれれんちゃんと私が乗ってるペガサスの頭の上に移動してる。座りづらくないのかな。ペガサスたちは鬱陶しくないのかな。問題ないなら、私が言うことはないけども。

みんながちゃんと乗ったことを確認して、ペガサスたちはゆっくりと歩き始め、そしてすぐにふわっと浮かび始めた。そのまま、まるで地上を走るかのように、空へと駆けていく。翼をはためかせ、いざ自由の大空へ！

「ペガサスの翼で空を飛ぶとか不可能では？」

『急に真面目になるんじゃない』

『魔法ってことでいいだろ。言わせんな恥ずかしい』

「あ、はい。ですよね。すみません」

物理的な説明とかできるはずもないよね。魔法で飛んでるってことでいっか。

ぐんぐんと高度を上げ、やがて幻大陸を見渡せるほど高くまで来た。改めて見るとすごいね。

「たかーい！　すごーい！　あはははー！」

「わあ。れんちゃんのテンションがすごい。エドガーさんのドラゴンに乗った時もそうだったけど、高いところが好きなのかな？」

『普段では絶対に見られない光景だからかも？』

『はしゃぐれんちゃんがかわいい』

『震えるアリスもかわいい』

「うん？」

私の少し後ろを飛ぶペガサスへと振り返ると、アリスはペガサスの首にぎゅっとしがみついてた。アリスはれんちゃんとは逆で高所恐怖症なのかも。ぎゅっと目を閉じてて、景色を楽しむ余裕すらなさそうだ。

いや、でも、違うかな。私は騎乗スキルがあるから安心してるけど、なかったらアリスと同じことになる。普通に怖いねこれ。高すぎる。

「あ！　レジェだ！　やっほー！」

れんちゃんが両手を振り回してる。その視線の先を見ると、レジェが丸くなったままこっちを見てるようだった。尻尾をふりふりしてる。

そしてれんちゃんが、叫んだ。

「がおー！」

おお。レジェがしっかり反応した。大きく吠《ほ》えてる。さすがにレジェだけだからそこまで大きい音にはなってないけど、それでもしっかりと聞こえて、空気を震わせてる。ペガサスがびくっと反応するぐらいに。

「だめ無理怖い限界やだ帰りたい……」

「アリス……」

『アリスｗｗｗ』

『そこまで怖いのかｗ』

『ドラゴンから落ちたことがあるから分かるけど、トラウマになってもおかしくない』

『お、おう……』

『そんなにか』

体験しないと分からないことだね。するつもりもないけど。アリスもエドガーさんあたりから話を聞いてるだろうから、あんなに怯《おび》えてるんだろうし。

アリスも限界が近いかもだし、そろそろ帰ろうか。

「れんちゃん、そろそろ戻ろうか！」

「はーい！」

れんちゃんが頷くと、ペガサスたちはゆっくりと高度を落としてくれた。至れり尽くせりだ。

「れんちゃん、ごめんね、せっかく楽しかったのにね……」

「んーん。いっぱいとべて楽しかった！」

「れんちゃん良い子……」

しょんぼり落ち込むアリスと笑いながらアリスを撫でるれんちゃん。なんだこの構図。

『れんちゃんにママ味を感じる……』

『れんちゃんママ』

『ママみ？』

『ママあじ』

『あじ派め』

『これだからみ派は』

変な言い争いが始まりつつあるから無視しようそうしよう。

とりあえず、ペガサスの子供を送り届けるイベントはこれで完了だ。山とかまだ行ってない場所もあるけど、それはまた別の日に行こうかな。そっちにももふもふがいるかもだし。

「さて。れんちゃん、そろそろ帰ろうか」

「はーい！　それじゃあ……」

そうして、れんちゃんが振り向いた先にいるのは、ペガサスの親子。多分テイムした子を呼ぼうとしたんだろうけど……。仲睦《むつ》まじい親子を見て、れんちゃんが凍り付いてしまった。

親に甘える子供のペガサス。見ていて、とても癒やされる。本来は癒やされるはずなんだけど。くいくい、とれんちゃんが私の服の袖を引っ張ってきた。

「れんちゃん？」

「ん……。だっこ……」

「うん。いいよ」

れんちゃんをだっこしてあげると、きゅっとしがみついてきた。優しく背中を叩いてあげる。よしよし。良い子良い子。

『なんだなんだ？』

『れんちゃん、どうしたんだ？』

『大丈夫？』

あはは。みんな優しい人で、嬉しいよ。

「多分、ペガサスの親子を見てたら、誰かに甘えたくなったんだと思うよ。すごく、仲よさそうだからね」

『へえ……。もしかしてミレイの両親って仲悪いのか？』

『お前リアルのこと聞くなよ』

『マナー違反だぞ』

『あ、ごめん。流してくれ』

別にそんな慌てなくても、言いにくいことがあるわけじゃないよ。

れんちゃんの顔をのぞき込む。ん、いやいやしてしがみついてきた。寂しくなっちゃったのかな。

今から病院に行って、面会とかできるかな……？

『ミレイ？　どした？』

『本当に大丈夫か？』

『配信中断する？』

心配性だなあ……。

「あまり気にしなくて大丈夫だよ。私の両親だけど、普通に仲良いから心配しないで」

『そっか。安心した』

『でも、だったられんちゃんはどうしてそんなに？』

「んー……。いや、さ。ゲームを終えたら、暗い部屋に一人っきりだよ」

『あ』

『ああ……』

『そうだな。そうだったよな……』

普段なら、ゲームを終えたらすぐに看護師さんと一緒にお風呂に入って、すぐに寝てしまう。手が空いてる看護師さんがいればしばらく一緒にお話しすることもあるみたいだけど、あまりないらしい。

明るい世界で遊んで、遊び終えたら暗い部屋に戻る。正直、私なら気が滅入《めい》る。冷静になって考えてみると、れんちゃんを誘うべきじゃなかったのかもしれない。

れんちゃんの苦しみは、れんちゃんにしか分からない。私のしたことは、ただのお節介を通り越して、ありがた迷惑だったのかも。

『ミレイ！　おい！』

『ミレイまで暗くなってどうすんだ！』

『お前が元気づけないでどうすんだこのバカ！』

「バカとは何だバカとは。追放するね」

『まって、いきなり正気に戻ってカウンターうちこまないで』

『やめろください』

いや、まあバカなのは認める。私がうじうじしちゃだめだな。

「れんちゃん」

「なあに？」

「あれ？」

『おや？　れんちゃんの様子が……』

『戻った？　戻ったの……？』

れんちゃんは私の顔を見て、いたずらっぽく笑った、すぐに私から離れて、にっこり笑ってくれる。

「もう大丈夫！　ごめんね、ちょっと甘えたくなったの」

「そっか。もういいの？」

「うん！」

そっか。そうか。

「れんちゃんが成長していて、嬉しいような寂しいような、複雑な心境です」

「おねえちゃん……」

「やめて。冷たい眼差《まなざ》しは心にくるから！」

『なんだこれ』

『てえてえかなと思ったけどそんなことはなかったぜ！』

『いつも通りかな？』

うん。そうだね。いつも通りだ。

「おねえちゃん」

「うん。どうしたの？」

「今日はもう疲れちゃった」

「そっか。じゃあちょっと早いけど、ログアウトしよっか。ちゃんとお風呂に入って寝るんだよ」

「はーい。おやすみ、おねえちゃん」

「はい、おやすみ」

れんちゃんの姿が、消える。

………。よし。

「じゃ、ちょっと行ってくるよ」

『おう。いってらっしゃい』

『もう暗いからな。気をつけて行ってこいよ』

視聴者さんたちは察してくれたらしい。本当に、みんな優しくて、だから大好きだ。

配信を終了させて、一息つく。振り返ると、アリスが心配そうに私を見てる。いや、本当に、途中からほったらかして申し訳なく……。

「せっかく来てもらったのに、ごめんね、アリス」

「気にしてないよ。それよりも早く行ってあげて」

「うん。ありがとう。この埋め合わせは必ず」

「あはは……。元気なれんちゃんを見れたらそれでいいかな」

親友が本当に優しい。いつも振り回して悪いけれど、今はれんちゃんを優先しよう。

「それじゃあ、また」

「うん。気をつけてね」

アリスに手を振ってから、私はログアウトした。

・・・・・

ログアウトした佳蓮《かれん》は、ぼんやりとしていました。暗い、とても暗い部屋です。朝でも昼でも夕方でも夜でも何時であっても変わらない、暗い部屋です。

ここには、誰もいません。佳蓮しかいません。もちろん家族は毎日お見舞いに来てくれますし、お医者さんや看護師さんもこまめに見に来てくれます。

それでも、やっぱりこの部屋にいる佳蓮は、一人きりなのです。いつも同じ、暗い部屋で、たった一人で夜を眠るのです。

寂しいです。みんなと、おねえちゃんとお話ししたいです。

心細いです。一人きりの夜なんて、嫌いです。

どうしてわたしだけが、なんて、何度も思いました。

みんなが羨ましい、なんて、毎日思っています。

それでも。最近は。お姉ちゃんが毎日来てくれる。たくさん、たっくさん、楽しいお話を聞かせてくれる。それだけで十分でした。満足でした。

そのはず、でした。

あのゲームを始めて、お日様の下を歩いて、動物たちと触れ合って、やっぱり思うのです。わたしも、もっとお外で遊びたいって。

でも、そんなもの、叶うはずのない願いなんです。

寂しいです。心細いです。そう思ってしまう自分が、迷惑をかけてしまっている自分自身が、大嫌いです。

何よりも。何よりも。

「こわい……」

怖いです。一人きりが怖いです。未《いま》だに病気のことはよく分かりません。この先どうなるかも分かりません。治るかも治らないかも分かりません。

もしかしたら、もっと悪化して、誰とも会えなくなって……。

「れんちゃんやーい！」

「わひゃあ！」

急に誰かが佳蓮に抱きついてきました。慌ててそちらを見てみます。お姉ちゃんが、佳蓮のお腹に顔をうずめてました。

うん。何やってるのお姉ちゃん。

「おねえちゃん……？　何やってるの？」

「れんちゃん分を補充してる」

「えと……。お医者さん、紹介、できるよ？」

「まって。それはどういう意味かなれんちゃん。いや結構きっつい罵倒だった気が!?」

がばりとお姉ちゃんが顔を上げました。目が合います。じっと、見つめ合います。

ふへ、とお姉ちゃんが笑いました。

「れんちゃんはやっぱりかわいいなぁ」

「おねえちゃんは時々気持ち悪いね」

「ぐへえ……」

お姉ちゃんが突っ伏してしまいました。本当に、いつも通りです。

「おねえちゃん、おこってないの……?」

恐る恐る聞いてみます。怒られるのは好きではないですけど、やっぱりあの態度はいけないと思いました。

「なにが?」

「だって、あんな終わり方しちゃったし、冷たくしちゃったし……」

「あっはっは。いつも通り過ぎて気にもならないね!」

嘘《うそ》です。だって、そうなら、こんな時間に来るわけが……。

「本当だよ」

お姉ちゃんが、佳蓮の頭を撫でてきます。優しく、丁寧に。

「私はさ。まだ学生の子供だからさ。気の利いたことは言えないよ。普段は明るいれんちゃんが、夜に泣いてるって知ってても、私は気付かない振りをして普段通りにお話しすることしかできないの」

気付かれていたことに、驚きはしません。だって、お姉ちゃんですから。

黙って聞いてる佳蓮に、お姉ちゃんは言いました。

「でも、一緒にいることはできるから。今日も明日も明後日《あさって》も。一年後も十年後もその先も、私がれんちゃんと一緒にいてあげる。お仕事で忙しいお父さんお母さんの分まで、れんちゃんを愛してあげましょう」

「それはいらないかなあ」

「ひどい!?」

うん。やっぱり、これでいいです。これが、いいです。

「れんちゃんに届け、私の愛！」

「ていっ」

「はたき落とされた!?」

こうして、楽しくお話しできる。お姉ちゃんがいてくれる。その点だけは、誰よりも幸せだと自信が持てます。

お姉ちゃんはおばかです。気の利いたことを言ってくれることはありません。気休めの言葉すらかけてくれることもありません。注意はされても怒られることもないのです。

ただ、側にいてくれます。一緒にいてくれます。誰よりも長い時間、佳蓮のために時間を割いてくれるのです。

お姉ちゃんのお友達も大事にしてほしい、というのは嘘ではありません。けれどそれ以上に、自分のために時間を使ってくれる。佳蓮が寂しくて泣きそうな時は、こうして駆けつけて側にいてくれる。佳蓮のことを優先してくれる、ということが、こんなにも嬉しい。

ああ、やっぱり、わたしはとても、幸せです。

「おねえちゃん、今日はお泊まりしよ？　いいでしょ？」

「もちろんだよ。一緒にお風呂に入って一緒に寝よう」

「おねえちゃん、お勉強は大丈夫？　怒られない？」

「小学生の妹に勉強の心配をされるって、どういうこと……？　いや、大丈夫。ちゃんと平均九十点キープしてるから」

「おねえちゃん、おばかなのに大丈夫って、先生が優しいんだね」

「まって。ねえまって。おばかって誰が言ったの？」

「おとうさん」

「よし分かった。帰ったらとりあえず、気持ち悪いから洗濯は別々にして、て言おう」

「……？」

いまいち、よく分かりませんでした。

「ねえ、れんちゃん」

「んー？」

「もしも、ゲームをやめたくなったら、言ってね？」

ああ、やっぱり、言われると思っていました。佳蓮は内心で苦笑して、おねえちゃんには笑顔を見せました。

「だいじょうぶ。平気だよ。ラッキーたちと会えなくなるのは、寂しいから」

「そっか」

「うん」

それに、ゲームとはいえ、お姉ちゃんと一緒の時間が増えるから。というのは、黙っておきます。

「おねえちゃん」

「ん？」

「ありがとう」

「え？　あ、うん？　どういたしましまして？」

やっぱり、よく分かってないみたいです。けれど、お姉ちゃんらしいので、それでいいのです。

佳蓮は笑いながら、大好きなお姉ちゃんに抱きつきました。今晩は、独り占めです。

配信三十八回目『れんちゃんはかわいい』

The mofu-mofu streaming by tamer sisters.

昨日の反動か、甘えてくるれんちゃんを膝に乗せて、後ろから抱きしめる。とっても幸せ。れんちゃんはれんちゃんでラッキーとリルを抱いてとっても幸せそう。ああ、ここが理想郷。素晴らしい。

それでは配信ぽちっとな。

「我が人生、悔いなし」

『開幕初手に頭ぶっとんだ発言するのがミレイの中でのトレンドかな？』

『たまにどん引きするからやめた方がいいと思う』

『ある意味ミレイらしいけどw』

どういう意味だ。いや、うん。気をつけよう。

「昨日はお騒がせしました。元気になりました」

「ごめんなさい」

れんちゃんと一緒にぺこりと頭を下げる。椅子に座ってるからちょっとだけだけど。まあ、今更視聴者さんに態度で文句を言う人はいないと思う。

『ええんやで』

『れんちゃん元気になってて安心した』

『本当に。ちょっと心配したんだぞ』

「あはは……。ありがとう」

謝罪よりも、感謝を。なんだかんだみんながいてくれて、良かったと思うよ。

「今日は昨日の振り返りだよ。お友達が増えました」

今日ログインすると、ホームのこの場所に戻っていた。幻大陸でログアウトしてもお家《うち》の前に戻されるみたい。で、戻ってきたのはいいんだけど、いつの間にかお友達がたくさん増えてた。

今れんちゃんの目の前で子犬と戯れてるカーバンクルもそれだ。れんちゃんはにこにこしながらその子を眺めてる。

『おお、カーバンクル！』

『狼《おおかみ》と幻獣のはずなのに子犬と子猫が遊んでるようにしか見えないｗ』

『それな』

見た目だけなら子犬と子猫だからね。カーバンクルには額に宝石がついてるけど、それも些細《ささい》な差だと思う。あんまり気にならないし。

「そして当然、あの子たちもいます」

カメラの光球をお家の隣に向ければ、仲良く草を食《は》むペガサス親子。どうやらイベントをクリアすると自動的に連れてくることになるみたいで、親の方もこっちに来てた。もちろんれんちゃんが改めてエサを上げてお友達になってる。

『親子でお引っ越ししてきたのかw』

『これでいつでも幻大陸に行けるな！』

『ところで、やつはいるのか？』

「やつが朱雀《すざく》を指してるなら、あそこ」

朱雀はレジェと違って、空を飛び回ってる。れんちゃんが呼べば来てくれるけど、普段は気ままに空の散歩だ。どこにもいないと思っても、呼んだら空高くから来てくれる。もしかすると、普段は幻大陸にいるのかも。

で、今はすでにれんちゃんに呼ばれてたから、れんちゃんのお家の上で待機中だ。屋根の上で羽休めしてる。

『おお！　朱雀だ！』

『やっぱかっこいいなあ』

『いつの間にか白虎《びやっこ》、朱雀と四聖獣《しせいじゅう》が半分揃《そろ》ったな』

そう言えばそうだね。これなら残りの聖獣が集まるのも意外と早いかも。

「あとは玄武《げんぶ》と青龍《せいりゅう》だっけ……。情報あったらまたお願いします」

『あいよー』

『まあまだ何の情報もないけどどな』

『何か分かったら教える』

さて、この後は、と……。本当にやることがもうないんだよね。今日は一日のんびりするって決めてるし。

というわけで、このままれんちゃんと一緒にだるーんとしましょう。

「だるーん」

「だるーん」

れんちゃんと一緒にごろごろする。ラッキーとリルも一緒にごろごろ。のんびりまったり、とってもいい時間です。

「あ！」

おっと、れんちゃんが飛び起きて走っていっちゃった。どうしたのかと思ったら、カーバンクルと子犬たちが喧嘩《けんか》、とまではいかなくても睨《にら》み合ってる気がする。

保護者も大変だね、れんちゃん。

『やはりれんちゃんはママだった……？』

『お前らいい加減にしないと怒られるぞｗ』

『もふもふに注意するれんちゃんもかわいい』

カーバンクルたちを順番に抱き上げて、注意してる。ああいうのもいいよね。

「私も怒られたい」

『お前はまさか自覚がないのか？』

『いつも怒られてるのに……』

『そんなんだからミレイなんだぞ』

「私の名前をまるで悪口みたいに言うのやめてくれない？」

あ、れんちゃんがもふもふたちと遊び始めた。みんなでころころ転がってる。れんちゃんの側《そば》でもふもふころころ。

「では放置する前に、最後に一言言いたい」

『何かな？』

『告知でもある？』

『コラボ？』

そんなすごいことじゃない。私が言いたいのはただ一つ。

「れんちゃんかわいいやったー！」

『れんちゃんかわいいやったー！』

『れんちゃんかわいいやったー！』

『なんだこれｗ』

『考えるんじゃない、感じるんだ！』

『さあ皆さんご一緒に！』

『れんちゃんかわいいやったー！』

『そうだその調子だ！』

みんな楽しそうで何よりです。あとはのんびり、れんちゃんを見守ろう。のんびりだるーん、と。

あとがき

お久しぶりです。無事に二巻を出させていただいて感無量な龍翠《りゅうすい》です。これも買っていただいた皆様のおかげです。ありがとうございます。

今回はｗｅｂ版から大きく手を加えさせていただきました。幻大陸とか、ｗｅｂ版では影も形も出てきませんし、ほとんどの幻獣も書籍限定です。少しでもお楽しみいただければ、私はとても嬉《うれ》しいのです。

十月一日からはコミカライズの連載が始まっています。コミックガルドなどでお読みいただけますので、そちらもよければ是非是非。れんちゃんもとってもかわいいです！

微妙に余ったので、せっかくなので豆情報を一つ。ミレイの名前は、未来という言葉から先に生まれています。れんちゃんがちょっとかわいそうな子なので、れんちゃんにとって未来が望める子、ということで未来、そのままみらいでは味気ないので『みく』になりました。ミレイは『みらい』から少しもじって、それらしい名前に。……なお、れんちゃんは音の響きです。ごめんね。

最後に、この本に関わっている皆様、そして何よりも手にとっていただいた読者の皆様に、最大級の感謝を。本当に、ありがとうございます。

ではまた、どこかでお目にかかれますように。にゃむにゃむ。

二〇二一年、仲秋　縦書きでも壁に隠れる方法を模索しながら。

テイマー姉妹のもふもふ配信 2

～無自覚にもふもふを連れてくる妹がチート級にかわいいので自慢します～

発行　2021年10月25日　初版第一刷発行

著者　龍翠
イラスト　水玉子
発行者　永田勝治
発行所　株式会社オーバーラップ
〒141-0031
東京都品川区西五反田8-1-5
校正・DTP　株式会社鷗来堂
印刷・製本　大日本印刷株式会社

ISBN　978-4-8240-0025-5 C0093

【オーバーラップ　カスタマーサポート】
電話　03-6219-0850
受付時間　10時～18時（土日祝日をのぞく）

作品のご感想、ファンレターをお待ちしています

あて先：〒141-0031　東京都品川区西五反田8-1-5 五反田光和ビル4階　オーバーラップ編集部
「龍翠」先生係／「水玉子」先生係

スマホ、PCからWEBアンケートにご協力ください

アンケートにご協力いただいた方には、下記スペシャルコンテンツをプレゼントします。
★本書イラストの「無料壁紙」　★毎月10名様に抽選で「図書カード（1000円分）」

公式HPもしくは左記の二次元バーコードまたはURLよりアクセスしてください。
▶ **https://over-lap.co.jp/824000255**
※スマートフォンとPCからのアクセスにのみ対応しております。
※サイトへのアクセスや登録時に発生する通信費等はご負担ください。

オーバーラップノベルス公式HP ▶ **https://over-lap.co.jp/lnv/**